U0927544

没有人是一座孤岛

CNS PUBLISHING & MEDIA 中南出版传媒

湖南文艺出版社
HUNAN LITERATURE AND ART PUBLISHING HOUSE

博集天卷
CS-BOOKY

体 味 经 典 的 重 量

散文卷再版序

我是从当医生开始频繁地使用文字，那时每日要写病历和死亡报告等医疗文书。那种文字必定是客观、安静、恭谨与精确的描述。文字的应用，说简单，真是再家常不过了。你可以没有一寸土地，没有一颗粮食，但你依然可以拥有语言和文字。书写这件事的最低要求，是要让别人明白你的意思。高一些的要求，是要把你的意思说得尽可能引人共鸣。这是尚未过时的需要苦修的教养，是一个人思维本质的外化。如同习武之人对剑技和刀法的淬炼，你得日日潜心钻研。

多年前，我在北京郊区的农村买了几间小房，院子空荡荡，有野鼠出没（常常希望有狐，可惜没见过）。到了初春，植树节后，我从苗圃买回两棵梧桐树。它们，光秃秃的，又细又轻，不见一丝绿意，活像搭蚊帐的旧竹竿。我挖了宽敞的坑将它们的根须埋下，底部还施了从集市买来的麻酱渣。我先生说，这地方咱也没有产权，人家说不定哪天就收回去了，似不必如此上心。我说，就算人家把房子收了，这树也依然会生长。我们还是善待它们吧。

我以前知道法国梧桐叫悬铃木，觉得起这名字的人富有想象力和诗意。待自己植了这树，才发现它们的果实真是太像悬挂的小铃了。再呆笨的人，也会让它们拥有这个名字。不知道是不是我那两桶麻酱渣滓的效力，梧桐树发愤图强努力长大，几年的工夫，已经有四层楼高了，皮青如翠，叶缺如花。阔大的叶子像相思的巨手，每晚都在风中傻呵呵地为自己鼓掌。秋天的时候，它们会结出圣诞铃铛般的果实，自得其乐地晃荡着，发出我们听不见的叮当之响。阳光透过叶子抛洒在地面上，红砖漫砌的地就被染上点点湿绿，重叠成深沉的暗咖色。我懊恼地想，早知道梧桐绿得这样狠，不如当初垫了灰蓝的砖，索性让它们碧成一坨，比如今这般缠丝玛瑙似的绞着好。

突然，我看到头顶的斑驳中有一只清爽的鸟，在绿叶中跳跃，好像在和另外一只鸟捉迷藏。细细看去，其实并没有另外一只鸟，它是单身。但如果没有另外一只鸟，它如此执着地在我家悬铃木上钻来掠去，是何用意呢？想起“却是梧桐且栽取，丹山相次凤凰来”，莫非凤或凰的雏鸟被我家的梧桐引了来？成年的它们是绚彩的，不知幼小时也曾披过素衣？

人无法猜透一只鸟的心思，就像我们无法洞彻人生。不像梧桐是先知先觉的，它和秋天有秘密的联络孔道。要不，怎么会“梧桐一叶落，天下皆知秋”呢。

好几天，那鸟不辞劳苦地穿行于我家的悬铃木间，看得出它更属意东面的那一棵。我现在已经辨认出它是一只喜鹊，不是那种灰头土脸、吃松毛虫的小个子灰喜鹊，而是眉清目秀、黑白相间的长尾巴花喜鹊。

它来我家的时候，像一架民航货机，滞重迟缓载着货物；飞离的时候就一身轻松，活泼轻快，赶路匆匆。它确实是有伴的——另一只花喜鹊，黑和白的部分似乎均比早先这一只更大更鲜明，许是一只雄鸟吧。当我确认它们是一家之后，也就知道了它们的用意。两只喜鹊每天辛辛苦苦地衔来各色树枝，是要在悬铃木上搭一巢穴，迎接新生命的降生。

一只喜鹊窝，要搭建多少枝条？要衔来多少草梗？要倾注多少气力？要呕沥多少心血？要耗费多少光阴……

听到我自言自语，路过的原住民老婆婆说，喜鹊选搭窝的地方时可心细呢。天上头要没有北风，地下面要没有凶兆，远处要没有打扰，近处要没有响动……最用心的窝，喜鹊要啄下身上的羽毛，铺垫得暖暖和和，小喜鹊孵出来后才活蹦乱跳。

我没见过自拔胸羽的喜鹊，这两只鸟好像也没有这般忘我。但我不得不信老婆婆的话。她说这些话的时候，摇晃着满头坚硬的白发，配着漆黑的旧衫，目若朗星。我疑心她在以往的哪一辈子曾做过鹊妖。

等着听小喜鹊叫吧。早报喜，晚报财，不早不晚报客来。她胸有成竹地说，好像未来的小喜鹊是她派往我家的儿童团。

为了节省喜鹊夫妇的时间，我约莫了一下它们搭巢所需建材的长短，捡了一堆草梗和树枝放在院子里，期望它们就地取材。但喜鹊夫妇胸中自有拟好了的蓝图，有我们不知的选材标准，对此视而不见，依然辛辛苦苦地到远处去衔枝。它们不屑。

鹊巢终于搭好了，小喜鹊在这里降生，一窝又一窝。

在两棵梧桐树和喜鹊家族的陪伴下，我写下了收入这套文集散文卷中的很多作品。我用时间的树枝搭起了这个文字的喜鹊窝。喜鹊本是单调的凡鸟，只有黑白两色，全无时尚的外观。它的窝也是粗糙和朴素的，甚至有一点儿边设计边施工的乱七八糟。不过，我在这个窝中垫入了一缕缕羽毛，它们来自我沧桑的岁月和我温热的心房。

毕淑敏

2012年7月27日

目录

我很重要

当我说出“我很重要”这句话的时候，颈项后面掠过一阵战栗。我知道这是把自己的额头裸露在弓箭之下了，心灵极容易被别人的批判洞伤。许多年来，没有人敢在光天化日之下表示自己“很重要”。我们从小受到的教育都是——“我不重要”。

作为一名普通士兵，与辉煌的胜利相比，我不重要。

作为一个单薄的个体，与浑厚的集体相比，我不重要。

作为一位奉献型的女性，与整个家庭相比，我不重要。

作为随处可见的人的一分子，与宝贵的物质相比，我们不重要。

我们——简明扼要地说，就是每一个单独的“我”——到底重要还是不重要？

我是由无数星辰日月草木山川的精华会聚而成的。只要计算一下我们一生吃进去多少谷物，饮下了多少清水，才凝聚成一具美轮美奂的躯体，我们一定会为那数字的庞大而惊讶。平日里，我们尚要珍惜一粒米、一叶菜，难道可以对亿万粒菽粟亿万滴甘露濡养出的万物之灵，掉以丝毫的轻心吗？

当我在博物馆里看到北京猿人窄小的额和前凸的吻时，我为人类原始时期的粗糙而黯然。他们精心打制出的石器，用今天的目光来看不过是极简单的玩具。如今很幼小的孩童，就能熟练地操纵语言，我们才意识到已经在进化之路上前进了多远。我们的头颅就是一部历史，无数祖先进步的痕迹储存于脑海深处。我们是一株亿万年苍老树干上最新萌发的绿叶，不单属于自身，更属于土地。人类的精神之火，是连绵不断的链条，作为精致的一环，我们否认了自身的重要，就是推卸了一种神圣的承诺。

回溯我们诞生的过程，两组生命基因的嵌合，更是充满了人所不能把握的偶然性。我们每一个个体，都是机遇的产物。

常常遥想，如果是另一个男人和另一个女人，就绝不会有今天的我……

即使是这一个男人和这一个女人，如果换了一个时辰相爱，也不会有此刻的我……

即使是这一个男人和这一个女人在这一个时辰，由于一片小小落叶或是清脆鸟啼的打搅，依然可能不会有如此的我……

一种令人怅然以至走入恐惧的想象，像雾霭一般不可避免地缓缓升起，模糊了我们的来路和去处，令人不得不断然打住思绪。

我们的生命，端坐于概率垒就的金字塔的顶端。面对大自然的鬼斧神工，我们还有权利和资格说我不重要吗？

对于我们的父母，我们永远是不可重复的孤本。无论他们有多少儿女，我们都是独特的一个。

假如我不存在了，他们就空留一份慈爱，在风中蛛丝般飘荡。

假如我生了病，他们的心就会皱缩成石块，无数次向上苍祈祷我的康复，甚至愿灾痛以十倍的烈度降临于他们自身，以换取我的平安。

我的每一滴成功，都如同经过放大镜，进入他们的瞳孔，摄入他们心底。

假如我们先他们而去，他们的白发会从日出垂到日暮，他们的泪水会使太平洋为之涨潮。面对这无法承载的亲情，我们还敢说我不重要吗？

我们的记忆，同自己的伴侣紧密地缠绕在一处，像两种混淆于一碟的颜色，已无法分开。你原先是黄，我原先是蓝，我们共同的颜色是绿，绿得生机勃勃，绿得苍翠欲滴。失去了妻子的男人，胸口就缺少了生死攸关的肋骨，心房裸露着，随着每一阵轻风滴血。失去了丈夫的女人，就是齐崭崭折断的琴弦，每一根都在雨夜长久地自鸣……面对相濡以沫的同道，我们忍心说我不重要吗？

俯对我们的孩童，我们是至高至尊的唯一。我们是他们最初的宇宙，我们是深不可测的海洋。假如我们隐去，孩子就永失淳厚无双的血缘之爱，天倾东南，地陷西北，万劫不复。盘子破裂可以粘起，童年碎了，永不复原。伤口流血了，没有母亲的手为他包扎。面临抉择，没有父亲的智慧为他谋略……面对后代，我们有胆量说我不重要吗？

与朋友相处，多年的相知，使我们仅凭一个微蹙的眉尖、一次睫毛的抖动，就可以明了对方的心情。假如我不在了，就像计算机丢失了一份不曾复制的文件，他的记忆库里留下不可填补的黑洞。夜深人静时，手指在揿了几个电话键码后，骤然停住，那一串数字再也用不着默诵了。逢年过节时，她写下一沓沓的贺卡。轮到我的地址时，她闭上眼睛……许久之后，她将一张没有地址只有姓名的贺卡填好，在无人的风口将它焚化。

相交多年的密友，就如同沙漠中的古陶，摔碎一件就少一件，再也找不到一模一样的成品。面对这般友情，我们还好意思说我不重要吗？

我很重要。

我对于我的工作我的事业，是不可或缺的主宰。我的独出心裁的创意，像鸽群一般在天空翱翔，只有我才捉得住它们的羽毛。我的设想像珍珠一般散落在海滩上，等待着我把它用金线串起。我的意志向前延伸，直到地平线消失的远方……没有人能替代我，就像我不能替代别人。我很重要。

我对自己小声说。我还不习惯嘹亮地宣布这一主张，我们在不重要中生活得太久了。我很重要。

我重复了一遍。声音放大了一点。我听到自己的心脏在这种呼唤中猛烈地跳动。我很重要。

我终于大声地对世界这样宣布。片刻之后，我听到山岳和江海传来回声。

是的，我很重要。我们每一个人都应该有勇气这样说。我们的地位可能很卑微，我们的身份可能很渺小，但这丝毫不意味着我们不重要。

重要并不是伟大的同义词，它是心灵对生命的允诺。

人们常常从成就事业的角度，断定我们是否重要。但我要说，只要我们在时刻努力着，为光明在奋斗着，我们就是无比重要地生活着。

让我们昂起头，对着我们这颗美丽的星球上的无数生灵，响亮地宣布——

我很重要。

精神的三间小屋

面对那句——人的心灵，应该比大地、海洋和天空都更为博大的名言，自惭形秽。我们难以拥有那样雄浑的襟怀，不知累积至那种广袤，须如何积攒每一粒泥土、每一朵浪花、每一朵云霓。

甚至那句恨不能人人皆知的中国古话——宰相肚里能撑船，也让我们在敬仰之余，不知所措。也许因为我们不过是小小的草民，即便怀有效仿的渴望，也终是可望而不可即，便以位卑宽宥了自己。

两句关于人的心灵的描述，不约而同地使用了空间的概念。人的肢体活动，需要空间。人的心灵活动，也需要空间。那容心之所，该有怎样的面积和布置？

人们常常说，安居才能乐业。如今的城里人一见面，就问，你是住两居室还是三居室啊？……喔，两居室窄巴点，三居室虽说也不富余，也算小康了。

身体活动的空间是可以计量的，心灵活动的疆域，是否也可有个基本达标的数值?

有一颗大心，才盛得下喜怒，输得出力量。于是，宜选月冷风清竹木萧萧之处，为自己的精神修建三间小屋。

第一间，盛着我们的爱和恨。

对父母的尊爱，对伴侣的情爱，对子女的疼爱，对朋友的关爱，对万物的慈爱，对生命的珍爱……对丑恶的仇恨，对污浊的厌烦，对虚伪的憎恶，对卑劣的蔑视……这些复杂而对立的情感，林林总总，会将这间小屋挤得满满，间不容发。你的一生，经历过的所有悲欢离合喜怒哀乐，仿佛以木石制作的古老乐器，铺陈在精神小屋的几案上，一任岁月飘逝。在某一个金戈铁马之夜，它们会无师自通，与天地呼应，铮铮作响。假若爱比恨多，小屋就光明温暖，像一座金色池塘，有红色的鲤鱼游弋，那是你的大福气。假如恨比爱多，小屋就阴风惨惨，厉鬼出没，你的精神悲戚压抑，形销骨立。如果想重温祥和，就得净手焚香，洒扫庭除，销毁你的精神垃圾，重塑你的精神天花板，让一束圣洁的阳光，从天窗洒入。

无论一生遭受多少困厄欺诈，请依然相信人类的光明大于暗影。哪怕是只多一个百分点呢，也是希望永恒在前。所以，在布置我们的精神空间时，给爱留下足够的容量。

第二间小屋，盛放我们的事业。

一个人从二十五岁开始做工，直到六十岁退休，他要在工作岗位上度过整整三十五年的时光。按一日工作八小时，一周工作五天，每年就要为你的职业付出两千个小时。倘若一直干到退休，那就是七万个小时。在这个庞大的数字面前，相信大多数人都会始于惊骇终于沉思。假如你所从事的工作，是你的爱好，这七万个小时，将是怎样快活和充满创意的时光！假如你不喜欢它，漫长的七万个小时，足以让花容磨损日月无光，每一天都如同穿着淋湿的衬衣，如芒在背。

我不晓得一下子就找对了行业的人，能占多大比例？从大多数人谈到工作时乏味麻木的表情推算，估计这样的幸运儿不多。不要小觑了事业对精神的濡养或反之的腐蚀作用，它以深远的力度和广度，挟持着我们的精神，以成为它麾下持久的人质。

适合你的事业，不靠天赐，主要靠自我寻找。这不但是因为相宜的事业，并非像雨后白桦林的菌子一样，俯拾即是，而且因为我们对自身的认识，也是抽丝剥笋，需要水落石出的流程。你很难预知，将在十八岁还是四十岁甚至更沧桑的时分，才真正触摸到倾心的爱好。当我们太年轻的时候，因为尚无法真正独立，受种种条件的制约，那附着在事业外壳上的金钱地位，或是其他显赫的光环，也许会灼晕了我们的眼睛。当我们有了足够的定力，将事业之外的赘生物一一剥除，露出它单纯可爱的本质时，可能已耗费半生。然费时弥久，精神的小屋，也定须住进你所爱好的事业。否则，鸠占鹊巢，李代桃僵，那屋内必是鸡飞狗跳，不得安宁。

我们的事业，是我们的田野。我们背负着它，播种着，耕耘着，收获着，欣喜地走向生命的远方。规划自己的事业生涯，使事业和人生，呈现缤纷和谐相得益彰的局面，是第二间精神小屋坚固优雅的要诀。

第三间，安放我们自身。

这好像是一个怪异的说法。我们自己的精神住所，不住着自己，又住着谁呢?

可它又确是我们常常犯下的重大失误——在我们的小屋里，住着所有我们认识的人，唯独没有我们自己。我们把自己的头脑，变成他人思想汽车驰骋的高速公路，却不给自己的思维，留下一条细细的羊肠小道。我们把自己的头脑，变成搜罗最新信息网络八面来风的集装箱，却不给自己的发现，留下一个小小的储藏盒。我们说出的话，无论声音多么嘹亮，都是别的喉咙嘟囔过的。我们发表的意见，无论多么周全，都是别的手指圈画过的。我们把世界万物保管得好好，偏偏弄丢了开启自己的钥匙。在自己独居的房屋里，找不到自己曾经生存的证据。

如果真是那样，我们精神的小屋，不必等待地震和潮汐，在微风中就悄无声息地坍塌了。它纸糊的墙壁化为灰烬，白雪的顶棚变作泥泞，露水的地面成了沼泽，江米纸的窗棂破裂，露出惨淡而真实的世界。你的精神，孤独地在风雨中飘零。

三间小屋，说大不大，说小不小。非常世界，建立精神的栖息地，是智慧生灵的义务，每人都有如此的权利。我们可以不美丽，但我们健康。我们可以不伟大，但我们庄严。我们可以不完满，但我们努力。我们可以不永恒，但我们真诚。

当我们把自己的精神小屋建筑得美观结实、储物丰富之后，不妨扩大疆域，增修新舍。矗立我们的精神大厦，开拓我们的精神旷野。因为，精神的宇宙，是如此地辽阔啊。

造心

蜜蜂会造蜂巢。蚂蚁会造蚁穴。人会造房屋、机器，造美丽的艺术品和动听的歌。但是，对于我们最重要最宝贵的东西——自己的心，谁是它的建造者？

孔雀绚丽的羽毛，是大自然物竞天择造出。白杨笔直刺向碧宇，是密集的群体和高远的阳光造出。清香的花草和缤纷的落英，是植物吸引异性繁衍后代的本能造出。卓尔不群坚忍顽强的性格，是禀赋的优异和生活的历练造出。

我们的心，是长久地不知不觉地以自己的双手，塑造而成。

造心先得有材料。有的心是用钢铁造的，沉黑无比。有的心是用冰雪造的，高洁酷寒。有的心是用丝绸造的，柔滑飘逸。有的心是用玻璃造的，晶莹脆薄。有的心是用竹子造的，锋利多刺。有的心是用木头造的，安稳麻木。有的心是用红土造的，粗糙朴素。有的心是用黄连造的，苦楚不堪。有的心是用垃圾造的，面目可憎。有的心是用谎言造的，百孔千疮。有的心是用尸骸造的，腐恶熏天。有的心是用眼镜蛇唾液造的，剧毒凶残。

造心要有手艺。一只灵巧的心，缝制得如同金丝荷包。一罐古朴的心，醇厚得好似百年老酒。一枚机敏的心，感应快捷电光石火。一颗潦草的心，门可罗雀疏可走马。一摊胡乱堆就的心，乏善可陈杂乱无章。一片编织荆棘的心，暗设机关处处陷阱。一道半是细腻半是马虎的心，好似白蚁蛀咬的断堤。一个绣花枕头内里虚空的心，是假冒伪劣心界的水货。

造心需要时间。少则一分一秒，多则一世一生。片刻而成的大智大勇之心，未必就不玲珑。久拖不绝的谨小慎微之心，未必就很精致。有的人，小小年纪，就竣工一颗完整坚实之心。有的人，须发皆白，还在心的地基挖土打桩。有的人，半途而废不了了之，把半成品的心扔在荒野。有的人，成百里半九十，丢下不曾结尾的工程。有的人，精雕细刻一辈子，临终还在打磨心的剔透。有的人，粗制滥造一辈子，人未远行，心已灶冷坑灰。

心的边疆，可以造得很大很大。像延展性最好的金箔，铺设整个宇宙，把日月包含。没有一片乌云，可以覆盖心灵辽阔的疆域。没有哪次地震火山，可以彻底颠覆心灵的宏伟建筑。没有任何风暴，可以冻结心灵深处喷涌的温泉。没有某种天灾人祸，可以在秋天，让心的田野颗粒无收。

心的规模，也可能缩得很小很小，只能容纳一个家、一个人、一粒芝麻、一滴病毒。一丝雨，就把它淹没了。一缕风，就把它粉碎了。一句流言，就让它痛不欲生。一个阴谋，就置它万劫不复。

心可以很硬，超过人世间已知的任何一款金属。心可以很软，如泣如诉如绢如帛。心可以很韧，千百次的折损委屈，依旧平整如初。心可以很脆，一个不小心，顿时香消玉碎。

造心的时候，可以有很多讲究和设计。

比如预埋下一处心灵的生长点，像一株植物，具有自动修复、自我养护的神奇功能。心受了创伤，它会挺身而出，引导心的休养生息，在最短的时间内，使心整旧如新。

比如高高竖起心灵的避雷针，以便在危急时刻，将毁灭性的灾难导入地下，耐心等待雨过天晴。

比如添加防震防爆的性能，在心灵遭受短时间高强度的残酷打击下，举重若轻，镇定地维持蓬勃稳定。

比如……

优等的心，不必华丽，但必须坚固。因为人生有太多的压榨和当头一击，会与独行的心灵，在暗夜狭路相逢。如果没有精心的特别设计，简陋的心，很易横遭伤害一蹶不振，也许从此破罐破摔，再无生机。没有自我康复本领的心灵，是不设防的大门。一汪小伤，便漏尽全身膏血。一星火药，便可烧毁绵延的城堡。

心为血之海，那里会聚着每个人的品格智慧精力情操，心的质量就是人的质量。有一颗仁慈之心，会爱世界爱人爱生活，爱自身也爱大家。有一颗自强之心，会勤学苦练百折不挠，宠辱不惊大智若愚。有一颗尊严之心，会珍惜自然善待万物。有一颗流量充沛羽翼丰满的心，会乘上幻想的航天飞机，抚摸月亮的肩膀。

造心是一项艰难漫长的工程，工期也许耗时一生。通常是母亲的手，在最初心灵的模型上，留下永不消退的指纹。所以普天下为人父母者，要珍视这一份特别庄重的义务与责任。

当以我手塑我心的时候，一定要找好样板，郑重设计，万不可草率行事。造心当然免不了失败，也很可能会推倒重来。不必气馁，但也不可过于大意。因为心灵的本质，是一种缓慢而精细的物体，太多的揉搓，会破坏它的灵性与感动。

造好的心，如同造好的船。当它下水远航时，蓝天在头上飘荡，海鸥在前面飞翔，那是一个神圣的时刻。会有台风，会有巨涛。但一颗美好的心，即使巨轮沉没，它的颗粒也会在海浪中，无畏而快乐地燃烧。

呵护心灵

那一年我十七岁，在西藏雪域的高原部队当卫生兵，具体工作是化验员。

一天，一个小战士拿着化验单找我，要求做一项很特别的检查。医生怀疑他得了一种古怪的病，这个试验可以最后确诊。

试验的做法是：先把病人的血抽出来，快速分离出血清。然后在摄氏五十六度的条件下，加温三十分钟。再用这种血清做试验，就可以得出结果来了。

我去找开化验单的医生，说，这个试验我做不了。

医生说，化验员，想想办法吧。要是没有这个化验的结果，一切治疗都是盲人摸象。

听了医生的话，本着对病人负责的精神，我还仔细琢磨了半天，想出一个笨法子，就答应了医生的请求。

那个战士的胳膊比红蓝铅笔粗不了多少，抽血的时候面色惨白，好像是要把他的骨髓吸出来了。

我点燃一盏古老的印度油灯。青烟缭绕如丝，好像有童话从雪亮的玻璃罩子里飘出。柔和的茄蓝色火焰吐出稀薄的热度，将高原严寒的空气炙出些微的温暖。我特意做了一个铁架子，支在油灯的上方。架子上安放一只盛水的烧杯，杯里斜插水温计，红色的汞柱好像一条冬眠的小蛇，随着水温的渐渐升高而舒展身躯。

当烧杯水温到五十六摄氏度的时候，我手疾眼快地把盛着血清的试管放入水中，然后双眼一眨不眨地盯着温度计。当温度升高的时候，就把油灯向铁架子的边移动。当水温略有下降的趋势，就把火焰向烧杯的中心移去。像一个烘烤面包的大师傅，精心保持着血清温度的恒定……

时间艰难地在油灯的移动中前进，大约到了第28分钟的时间，一个好朋友推门进来。她看我目光炯炯的样子，大叫了一声说，你不是在闹鬼吧，大白天点了盏油灯!

我瞪了她一眼说，我是在全心全意地为病人服务，正像孵小鸡一样地给血清加温呢!

她说，什么血清？血清在哪里？

我说，血清就在烧杯里呀。

我用目光引导着她去看我的发明创造。当我注视到水银计的时候，看到红线已经膨胀到七十摄氏度。劈手捞出血清试管，可就在我说这一句话的工夫，原本像澄清茶水一般流动的血清，已经在热力的作用下，凝固得像一块古旧的琥珀。

完了！血清已像鸡蛋一样被我煮熟，标本作废，再也无法完成试验。

我恨不得将油灯打得粉碎。但是油灯粉身碎骨也于事无补，我不该在关键时刻信马由缰。现在面临的问题是我该怎么办，空白化验单像一张问询的苦脸，我不知填上怎样的回答。

最好的办法是找病人再抽上一管鲜血，一切让我们重新开始，但是病人惜血如命，我如何向他解释？就说我的工作失误了吗？那是多么没有面子的事情！人人都知道我是一个尽职尽责的好化验员，这不是给自己抹黑吗？

想啊想，我终于设计出了如何对病人说。

我把那个小个兵叫来，由于对疾病的恐惧，他如惊弓之鸟战战兢兢。

我不看他的脸，压抑着心跳，用一个十七岁女孩可以装出的最大严肃对他说：我已经检查了你的血，可能……

他的脸刷地变成霜地，颤抖着嗓音问，我的血是不是有问题？我是不是得了重病？

这个……你知道像这样的检查，应该是很慎重的，单凭一次结果很难下最后的结论……

说完这句话，我故意长时间地沉吟着，一副模棱两可的样子，让他在恐惧的炭火中慢慢煎熬，直到相信自己罹患重疾。

他瘦弱的头颅点得像啄木鸟，说，我给你添了麻烦，可是得了这样的病，没办法……

我说，我不怕麻烦，只是本着对你负责，对你的病负责，还要为你复查一遍，结果才更可靠。

他苍白的脸立刻充满血液，眼里闪出星星点点的水斑。他说，化验员，真是太谢谢了，想不到你这样年轻，心地这样好，想得这么周到。

小个子说着，几乎是迫不及待地撸起袖子，露出细细的臂膀，让我再次抽他的血。

我心里窃笑着，脸上还做出不情愿的样子，很矜持地用针扎进他的血管。这一回，为了保险，我特意抽了满满的两管鲜血，以防万一。

古老的油灯又一次青烟缭绕，我自始至终都不敢大意，终于取得了结果。

他的血清呈阴性反应。也就是说——他没有病。

再次见到小个子的时候，他对我千恩万谢。他说，化验员哪，你可真是认真哪。那一次通知我复查，我想一定是我有病，吓死我了。这几天，我思前想后，把一辈子的事都想过了一遍。幸亏又查了一次，证明我没病。你为病人真是不怕辛苦啊!

我抿着嘴不吭声。

后来领导和同志们知道了这样事，都夸我工作认真并谦虚谨慎。

在以后很长的时间里，我都为自己当时的灵动机智而得意。

我的年纪渐长，青春离我远去，肌体像奔跑过久的拖拉机，开始穿越病魔布下的沼泽。有一天，当我也面临重病的笼罩，对最后的化验结果望穿秋水的时候，我才懂得了自己当年的残忍。我对医生的一颦一笑察言观色，我千百次地咀嚼护士无意的话语。我明白了，当人们忐忑在生死边缘时，心灵是多么的脆弱。

为了掩盖自己一个小小的过失，不惜粗暴地弹拨病人弓弦般紧张的神经，我感到深深的懊悔。

我们可以吓唬别人，但不可吓唬病人。当他们患病的时候，精神是一片深秋的旷野，无论多么轻微的寒风，都会引起萧萧黄叶的凋零。

让我们像呵护水晶一样呵护人的心灵。

你永不要说

二十年前，我在西部边陲的某部队留守处当军医，主要给随军家属看病。婆姨们的男人都在昆仑山上戍边，家里母子平安，前方的将士就英勇。我的工作很重要。

家眷都是从天南地北会聚来的。原来在农村，地广人稀，空气新鲜，不易患病。现在像羊群似的赶在一起，加之西北干燥寒冷，病人不断，忙得我不亦乐乎。

我的助手是卫生员小鲁，一个四川籍的小个子兵，长得没什么特色，只是一对眼睛又黑又亮，叽里咕噜地转，像蜜炼的中药丸。正是“文革”期间，他没接受过正规培训，连劳动带扔手榴弹加在一起，算上了几个月的卫生员训练班。不过心灵手巧，打针、换药、针灸都在行。每天围着我问这问那，总说学好了本领，回家给他奶奶瞧病去。他奶奶有很严重的气管炎，喘得像堵了一半的烟筒。

一天他对我说，毕医生，我想买点青霉素给我奶奶治病。我给他开了处方，他买了药寄回去。过了些日子，他说奶奶的病比以前好多了，我们都为他高兴。可是青霉素用完了，想再买些。我又给他开了处方，这次他没拿到药。领导说药不多了，工作人员不能老自己买，得留给病人用。

边防站乔站长的独生子小旗病了。我开了青霉素打针，那剂量对一个五岁的孩子来说，足够大的。我向来崇尚毛主席老人家说的集中优势兵力打歼灭战的计策，用地毯式轰炸。

连续打了四天针，孩子的病势丝毫不见轻。我很纳闷，这种怪症最近不断出现，用药像泼凉水一样。好像是一种极耐药的病菌侵袭了孩子。

有人说，这医生的医术不高。这么年轻，自己没生过孩子，哪里会给孩子瞧病?

我说，我还没上过战场呢，可我治好过枪伤。

人们不再说什么，但孩子的病日渐沉重。我只有查书，把厚厚的书页翻得如同柳絮飞花，怕自己贻误了小小的生命。

终于有一天，小旗的妈妈怯生生地问我，您给我儿开的药，是一瓶还是半瓶?

我说，是一瓶啊。

她有些迟疑地说，那小鲁给我家小旗每次打的都是半瓶。

我的心嗖地紧缩成一团，像腊月天里一个冻硬了的馒头。这个小鲁！一定是他克扣了病人的药品，把青霉素私存起来，预备寄回家。

小鲁呀小鲁，这不是儿戏，人命关天！

我该怎么办？

当下顶要紧的是赶快给小旗补上一针。

之后我想了许久。

报告领导吗，小鲁从此就毁了。贪污病人的药品，就是贪污病人的生命。置之不理，更不行。要是让病人家属知道了，要是病人因此有个三长两短，非得有人找他拼命。

我把小鲁叫出来，对他说，小旗的病若是治不好，会转成肾炎、关节炎、心脏病……

他惊愕地瞪圆眼睛，说真有这么严重？没有人给我们讲过这些，训练班里就讲过打针的时候要慢慢推药，病人不疼。

我说，我知道你惦记你的奶奶，可你知道每一个病人都有亲人。你的心里除了装着你的奶奶，也要给别人留个地方……

我说，你不要以为打针不过是把一些水推到肉里，就像盐进了大海，谁也看不见。不是的，科学是谁也蒙骗不了的，用了什么药该出现什么疗效，那是一定的。假如出了意外，那可就是出了医院进法院……

他的脸变得像包中药丸的蜡壳一样白。

“毕医生，我……我……”他说。

我赶快堵住他的嘴，就像黄继光堵枪眼一样果断。哦，别说。什么也别说。世界上有些事情，记住，永不要说。

你不说，就没有任何人知道。

你不知道我不知道，我们永远都不需要知道。不要把错误想得那么分明。不要去讨论那个过程，把它像标本一样在记忆中固定。有些事情不值得总结，忘记它的最好方法就是绝不回头。也许那事情很严重，但最大的改正是永不重复。

小鲁的眼泪流下来。我不怕眼泪，我怕他说话。还好，他很聪明，听懂了我的话，什么也没有说。

我长长地吁了一口气。

后来，小旗的病很快好了，留守处再也没有出现过用药不灵的怪症。

再后来，小鲁因为工作认真负责，对病人春风般温暖，被送到军医大学学习，成了一名很优秀的医生。

只是不知他奶奶的病好了没有。有这么孝顺的孙子，该是好了的。

购买一个希望

那年在国外，看到一个穷苦老人在购买彩票。他走到彩票售卖点，还没来得及说话，工作人员就手脚麻利地在电脑上为他选出了一组数字，然后把凭证交给他。他好像无家可归，没有什么固定的目标要赶赴，买完彩票，就在一旁呆呆站着。我正好空闲，便和他聊起来。

我问，你为什么不亲自选一组数字呢?

他说，是我自己选的。我总在这里买彩票。工作人员知道我要哪一组数字。只要看到我走近，就会为我敲出来。

我说，那你每次选的数字都是一样的喽?

他说，是的。是一样的。我已经以同样的数字买了整整四十年彩票。每周一次，购买一个希望。

我心中快速计算着，一年就算五十二周，四五二十，二五一十……然后再乘以每注彩票的花费……天！我问道，你中过吗？

他突然变得忸怩起来，喃喃说，没中过。有一次，大奖和我选的数字只差一个。

我说，那以后，你还选这组数字吗？

他很坚定地说，选。

我说，我是个外行，说错了你别见怪。依我猜，以后重新出现这组数字的概率是极低的，更别说还得有一个数字改成符合你的要求。

他说，你说的对，是这样的。

我就愣了。他衣衫褴褛面容憔悴。买彩票的钱虽然不多，但周复一周地买着，粒米成箩，也积成了不算太小的数目。用这些钱，为什么不给自己买一身蔽寒的衣服，吃一顿饱饭呢？再说，固执地重复同一组数字，绝不更改，实在也非明智之举。

我不忍伤他心，又不知说什么好，只有久久地沉默了。过了一会儿，他主动开口说，你一定很想知道那是一组什么样的数字吧？

我点头说，是啊。

他有些害羞地说，那是我初恋女友的生辰数字。每周我下注的时候，都会想起她，心中就暖和起来。

我说，那到了开奖的时候，你知道自己没中，会不会心中寒冷？

他笑了，牙齿在霓虹灯下像糖衣药片一样变换着色彩。他说，不会。我马上又买新的一轮彩票，希望就又长出来了。我很穷，属于穷人的希望是很有限的。用这么少的钱，就能买到一个礼拜的快乐，这种机会，在这个世界上，实在是不多。更不用说，那个数字还寄托着我的回忆。如果我选的这组数字中大奖，她一定会注意到的，因为那是她的生辰啊。紧接着她会好奇是谁得了这份奖金？于是就能看到我的名字。她立刻就会明白我这一辈子没有忘记她，而且我有了这么多的钱，她也许会来找我……

老人说完，就转过身，缓缓地走了。

后来，我把这个真实的故事讲给很多人听。每个人听完后都会长久地沉默。然后说，真盼望他中奖啊!

路远不胜金

有一天，我先生对我说，以前结婚的时候，也没送过你什么礼物。现在我补送你一个金戒指吧。

我说，心意领了。但金器我是不要的。

先生笑了，说你肯定是舍不得钱。其实买金很合算，戴在手上，是件装饰品，除了好看，本身的价值也还在。不喜欢这个样式了，还可以打成新的样子。你为什么不喜欢?

我说，我算的是另一笔账啊。

他很感兴趣，让我说个明白。

我说，我是一个劳动妇女，戴了金，干起活来就不方便了。俗话说，远路无轻载。

先生就笑了，说，你以为我会给你买一个多么沉重的金镏子？想得美。我们只能买个金戒指，不过几克重。

我说，你听我说。我每天伏在桌前，不辨晨昏地写作。在电脑上敲出一个字，最少要击键两次。就算这个戒指五克重吧，手起手落，一个字就要多耗十克的重量。天长日久地下来，就不是一个小数目。假设我要写一部百万字的长篇小说，这小小的戒指就化作十吨的金坨，缀在手指的关节上，该是多么大的负担！要做的事情太多，路远不胜金。

先生说，要不我们买一条金项链，你写作的时候脖子总是不动的。

我说，我不喜欢项链的形状，它是锁链的一种。我崇尚简洁和自由，觉得美的极致就是自然。再说，我多年前就被X光判了颈椎增生，实在不忍再给沉重如铅的脖子增加负担。

先生叹了口气说，作为一个女人，你浑身上下没有一克金，真的不遗憾？

我说，我有许多遗憾的事情，比如文章写得不漂亮，做饭的手艺不精良，一坐车就头晕，永远也织不出一件合身的毛衣……但对金子这件事不遗憾。

先生说，你这是反潮流。

我说，不是反潮流，实在是无所谓。金是什么？不就是地球上的一种不算太少也不算太多的金属吗？有了这种金属就象征你高贵，没有这种金属就注定卑贱吗？这颗星球上还有很多种稀有金属，比如铂，比如铑，比如能造原子弹的铀和镭……都比金昂贵得多。我们不可能把所有的金属都披挂在身，金属除了它在工业上的用途，并不代表更多的含意。如果你喜欢，你就佩戴好了，就像乡下的女孩在春天里，把一枝野花簪在发梢。如果你因了种种的缘故，没有一克金，那也没有什么可怯懦的，依然可以挺直腰杆，快快乐乐地生活。

作为一个女人，如果我们拥有天空和海洋，如果我们拥有知识和事业，如果我们拥有自信和尊严，如果我们拥有亲人对我们和我们对亲人的挚爱，我们的生命就很完满。

拥有已太多，无金又何妨!

握紧你的右手

常常见女孩郑重地平伸着自己的双手，仿佛托举着一条透明的哈达。看手相的人便说：男左女右。女孩把左手背在身后，把右手手掌对准湛蓝的天。

常常想世上可真有命运这种东西，它是物质还是精神？难道说我们的一生都早早地被一种符咒规定，谁都无力更改？我们的手难道真是激光唱盘，所有的祸福都像音符微缩其中？

当我沮丧的时候，当我彷徨的时候，当我孤独寂寞悲凉的时候，我曾格外地相信命运，相信命运的不公平。

当我快乐的时候，当我幸福的时候，当我成功优越欣喜的时候，我格外地相信自己，相信只有耕耘才有收成。

渐渐地，我终于发现命运是我怯懦时的盾牌。当我叫嚷命运不公最响的时候，正是我预备逃遁的前奏。命运像一只筐，我把对自己的姑息、原谅以及所有的延宕都一股脑儿地塞进去，然后蒙一块宿命的轻纱。我背着它慢慢地向前走，心中有一份心安理得的坦然。

有时候也诧异自己的手。手心叶脉般的纹路还是那样琐细，但这只手做过的事情，却已有了几番变迁。

在喜马拉雅山、冈底斯山、喀喇昆仑山三山交汇的高原上，我当过卫生员，在机器轰鸣铜水飞溅的重工业厂区里，我做过主治医师。今天，当我用我的笔杆写我对这个世界的想法时，我觉得是用我的手把我的心制成薄薄的切片，置于真和善的天平之上……

高原呼啸的风雪，卷走了我一生中最好的年华，并以浓重的阴影，倾泻于行程中的每一处驿站。

岁月送给我苦难，也随赠我清醒与冷静。我如今对命运的看法，恰恰与少年时相反。

当我快乐当我幸福当我成功当我优越当我欣喜的时候，在一切美好辉煌的时刻，我要提醒我自己——这是命运的光环笼罩了我。在这个环里，居住着机遇，居住着偶然性，居住着所有帮助过我的人。

而当我挫折和悲哀的时候，我便镇静地走出那个怨天尤人的我，像孙悟空的分身术一样，跳起来，站在云头上，注视着那个不幸的人，于是我清楚地看到了她的软弱、她的怯懦、她的虚荣以及她的愚昧……

年近不惑，我对命运已心平气和。

小时候是个女孩，长大了成为女人，总觉得做个女人要比男人难，大约以后成了老婆婆，也要比老爷爷累。

生活中就像没有无缘无故的爱一样，也没有无缘无故的幸运。对于女人，无端的幸运往往更像一场阴谋一个陷阱的开始。我不相信命运，我只相信我的手。

因为它不属于冥冥之中任何未知的力量，而只属于我的心。我可以支配它，去干我想干的任何一件事情。我不相信手掌的纹路，但我相信手掌加上手指的力量。

蓝天下的女孩，在你纤细的右手里，有一粒金苹果的种子。所有的人都看不见它，唯有你清楚地知道它将你的手心炙得发痛。

那是你的梦想，你的期望!

女孩，握紧你的右手，千万别让它飞走！相信自己的手，相信它会在你的手里，长成一棵会唱歌的金苹果树。

没收遥控器

没有比遥控器这种东西，更霸道更拒绝变化的电器了。

它们长相大同小异，外罩除了黑就是白，绝无彩色时装。形状一律长方，看不到正方椭圆更甭说三角五角的变异。各种指示键微凸如豆，扑朔迷离。手指肚粗的，一不留神就按错了地方。键盘上的标识洋文居多，仅掌握国语的人，就得瞎猫碰死耗子估摸着来。幸好遥控还算经折腾，且基本上循序渐进，按错了也不会一失足成千古恨，发觉后，再改过亦不晚。

自打遥控器潜入家庭后，就不动声色、潜移默化地改变着我们的生活习惯甚至性格。

先使我们懒惰。

遥控器延长了我们的手指，废用了我们的双脚。虽然从座位到电视机旁，不过几步之遥，但人天生的惰性，使我们马上放弃了亲自实施意志的愿望，将之拱手托付这枚丑陋的仪器。不喜欢这个台了，啪地一按，它就如同被施了魔法，旧画面嗖地隐去，替上来另一幅莫名其妙的图像。只唱了半句的歌，立刻喑哑，好像那歌手兀地跌下乐池。刚说了半截的话，毫无征兆地被拦腰斩断，主角仿佛被武林高手点了哑穴。才露出的半张笑脸，马上被另一张狰狞的五官代替，从古时海盗到摩登女郎，变脸不足一秒钟。太空人到原始部落的跨度，连个最潦草的铺垫都没有，风驰电掣瞬息万变……

遥控器给我们一种近乎杀戮的快意。朕要你死，你不得不死，且一时不可耽搁。逢到我们不顺心，把遥控器点得如机关枪的连发，各频道血肉横飞地变幻着，荧屏一派狼藉。

不要小看这几步之遥。自己走过去，就是一种甄别和付出。举手之劳太轻易，就不会珍惜选择的权利。选择，具有测定智商的功能，于是愚人们常常用繁多的选择，遮盖自己的不擅选择。太便捷的选择，很易导致轻率发生。太茂密的选择挤在一起，就像未曾间苗的土地，使最主要的愿望丧失生长的能力。

有人会说，选择错了，有什么了不起？可以修正嘛！的确，遥控器可以在片刻间恢复我们曾经抛弃的画面，但太轻易的返回和修正，徒然增大轻举妄动的随意，浪费光阴。据说某国训练超常少年，有一条不成文的规定——没收你的橡皮。你要从小养成对你的计算负责，而不能一味地寄托于涂改。况且，有一些美好的片段，电光石火，在我们频频变换频道的时候，已永不复现。

遥控器使我们的耐心千疮百孔。

看到一篇报道，就是没有发明遥控器之前，电视观众考虑一个频道的节目看与否，通常在几分钟之后才做决定。有了遥控器以后，这一辨析的时间，缩短到几十秒甚至十几秒。那位作者是电视台的，他的结论是：要想让你的节目吸引人，有广告效应，就得在每个十几秒的单元内，都杯水兴波抓得住人……

于是大悟，屏幕上为什么有那么多挤眉弄眼的搞笑，有那么多啼笑皆非的噱头。文武之道，一张一弛，波澜起伏方能成就大手笔，才是大家气魄。只在十几秒内博人眼球的东西，多是小把戏。遥控器蚕食了人们的耐心，使我们像泡沫般浮动和烦躁。

遥控器使我们从心到目疾如星火。但世上万物，并非都跟竞技体育似的，越快越好。有些事物，还是慢为佳。识得一个人的心，需要时间。透视一件事的本质，需要时间。掌握一项本领，需要时间。考验一条真理，需要时间。一棵树的长成，需百年风霜，砍伐它，倒是片刻的工夫。一道承诺，实践它需一生一世，背弃它，轻而易举。

遥控器使人们变得傻而倔强。明明是丧失，却以为获得。你被它主宰，却以为是主人。强化了行动，淡化了思索。一个晚上，我们不停地换台，企图寻找最好。时光在啪啪的遥控器声响中逝去，最好没有找到，留下的是惆怅。单纯地贪变图新，左右了我们的意志。于是，看到的多是残片，记忆中难得完整的印象。咀嚼的是渣滓，留不下流畅的空间。

一位朋友，在茶几上放了一个竹编小笸箩，里面不是纽扣剪刀，而是大大小小形形色色的遥控器。有电视的，录像机的，风扇的，VCD机的，空调的……彷佛外婆的针线篓。她苦笑：为什么不能跟“一卡通”似的，来个“一遥通”？

另一位朋友，在家庭内发动了一场小小的革命，把所有的遥控器都藏起来了。我问，不会不便？她说，没了这只长手，只要天气还不是热得难以忍受，你就不会去开空调。没把电视里的节目看出子丑寅卯，你就不会慌里慌张地换频道。喇叭里的声调稍显低沉，你会耐心地等待它恢复正常，而不是像以前似的，迫不及待地调高音响，一会儿，待正常音调出现时，又被震得耳痛，忙不迭地用遥控器操纵着变小……手边的事情，还是稍微难点缓点好，人的脾气就沉着冷静了。

世界越来越小，频率越来越快。人被遥控、被操纵的机会越来越多。如果你想要寻求问题的彻底解决，最好还是走到它面前，静静思索再做决定。所有“遥控”能解决的问题，都是事先设定的程序。真实的世界千变万化，镇定和耐心永远比按钮更有效。

抵制「但是」

但是——是我们常常用到的一个词。我们原来有一个领导，就因为太爱使唤这个词了，外号就叫“老但”。

“但是”的意思，主要是做连词，好像那把皮坎肩的碎皮子缀在一处的彩色丝线。多用在一句话的后半截，表示转折语气。

比方说：你这次的考试成绩不错，但是——不能骄傲自满。

比方说：这地方的风景挺优美的，但是——离城里太远了点。

比方说：这女孩身材相当好，但是皮肤太黑了些。

等等。

我不知道“但是”这个词刚发明的时候，是不是对它的前半部和后半部的分量，一视同仁？也就是说，它只是一个公平的纽带，并不偏着谁向着谁。可惜在长期的运用过程中，“但是”

这个词，成了类似音乐简谱中附点的标记，把后面半拍的节奏，挪到前面去了。当人们看到这个词的时候，无论在“但是”的前面，堆积了多少美好的说明，都像碰上盐酸的污垢，冒了些泡沫，就没了踪影。人们记住的总是“但是”后面的转折，如同好不容易爬上高坡，还没来得及喘口气，“但是”这个陡峭的下坡，不由分说把你掳住，一下就滑到了谷底。

于是，“但是”就几乎成了贬义的先兆。只要一出现，气氛就大变。它成了把人心捆成炸药包的细麻绳，成了马上有冷水泼面的前奏曲。“但是”让你打了个激灵，立马把“但是”前面的温暖忘了，只有抖擞起精神，准备迎击扑面而来的顿挫。

“但是”便在这种频频警戒的气氛中，削减了平凡的联结之意，增添了沮丧的灰色意味。

其实，所有的光明都有暗影，“但是”的本意不过是强调事情还有另一方面。可惜日积月累的负面暗示，使得“但是”这个预报一出现，就抹去了喜色，忽略了成绩，轻慢了进步，贬斥了攀升。

一位心理学专家讲学时说，她主张大家从此不用“但是”，而改用“同时”。

比如，我们形容天气的时候，早先是这样说：今天的太阳很好，但是风很大。

今后可以改成：今天的太阳很好，同时风很大。

当你最初看这两句话的时候，好像没有多大的分别。你不要急，轻声地多念几遍，那分量和语气的差异，就体味出来了。

但是风很大——会使人的情绪向糟糕那一面倾斜，注意力凝固在不利的因素上。觉着太阳好是件不值得太高兴的事情，风大才是关键。借助了“但是”的威力，风就把阳光打败了。

同时风很大——它更中性和客观，好似一个导游小姐，在指点我们注意了某一种情形之后，又把她手中的金属棒，向另一个方向示去。前言余音袅袅，后语也言之凿凿。不偏不倚，公允而平整。它使我们的心神安定，目光精准，两侧都观察得到，头脑中自有定夺。

一词之差，它的背后，是怎样看待世界和自身。

我们绝不文过饰非，也不夸大其词。好比是花和虫子，一并存在。我们的眼光降落在哪里?

降落在花丛中?降落在虫背上?

“但是”，是一面偏光镜，把我们的目光聚焦在虫子上。花园里花朵很美丽，“但是”把虫子的影子放大。

“同时”，是一个透明的水晶球，把我们均衡地分散在两方面。花园里花朵很美丽，“同时”，它也提示尚有虫子。

“但是”和“同时”，谁更持重和完整，更有利于我们对客观事物的评价和对主观判断的把持，想必会有公论。

如此讨论，仿佛和一个简单的连词过不去，有悖恕道。不过，这不单是如何连接上下两句话的问题，在词的背后隐伏着思维方式。

当我尝试着用“同时”代替“但是”以后，一天两天，似也看不出多大的变化。可时间长了，我发现自己比较地多了勇气，因为我的精神得到了补给和呵护。我发现自己比较地对人友善，因为我更明确地发现了他人的长处和优异。我发现自己较为敏捷地从跌倒的地上爬起，因为我看到了沟坎也看到了辙印。我发现自己多了宽容和慈悲，因为每当我意识到不足的时刻，都同时给自己鼓励。

你我的记忆

在我们的身体里面，居住着某些连我们自己都莫名其妙的客人——记忆。没有人能说清楚记忆是从什么时间开始驻扎进来的，它们比江河的源头还要难以寻找。长江源是一些翻滚的水泡，好似透明的蝼蛄钻出地表，记忆的源头是什么呢？是一些鲜艳同时支离破碎的毛线团，五彩杂糅，有一种喜洋洋的生命力。顽强的记忆耐酸碱和腐蚀，岁月无法将它们漂洗。

我们为什么会对某人一见钟情？我们为什么热爱一份他人无法接受的工作？我们为什么对某些事物滋生厌倦？我们为什么会在某种场合不可理喻？我们爱恨的理由是什么？……

凡此种种心灵的奥秘，都和记忆有着千丝万缕的关联。

记忆是人体中最不服从命令的一位世袭的将军，相信很多人在求学考试之时，都有惨痛印象。记忆顽皮，不知暗中遵循的是何种规律，有些事件，一点也不重要，可它偏偏就记得镂骨蚀魂，连当时的一声蝉鸣一朵浮云，都毫发不爽。不良的情绪，好像一袋携带终身的垃圾，即使你把它埋葬在潜意识里，但它如古尸的指甲，依然锋利。有些极为重要的瞬间，你不停地对自己说，记住它记住它，万万不能忘啊！可惜，记忆常常充满阴谋地背叛你。

重复多少次，人就可以记住某些事物了呢？这可能是人类永远的秘密了。但在实际生活中，好像很有一些人是掌握了这个谜底的。比如，老师罚小学生把某个字词书写多少遍……他的理论基础就是以为重复会有奇效。又比如，那些撒谎的人，可能也相信口吐白沫就能潜入他人的记忆。还有热恋当中的爱人，一遍又一遍地重复“我爱你”……想来也是不很明了记忆神鬼莫测的品格。

比起记忆的存在，记忆的销蚀更是不可捉摸。我在雪山服兵役时，认识一位搞保密工作的参谋。他一贯很忙，不苟言笑，步履匆匆。后来突然就散淡起来，四处逛着，抱着手，没事就找别人侃聊。聊到山穷水尽时，众人都无反应了，他还挑起新的话题，后来人们见了他就要躲着走。我问他，嘿，你还有没有什么正经事要做啊？他说，我做的事是再正经没有的了。我说，你一天究竟干什么呢？他说，我干的事就是不干什么。我说，天下还有这样舒服的工作吗？他说，这是工作，可是并不舒服，因为我要干的事，就是忘记。我说，忘记，也配叫一种工作吗？他说，忘记这件工作比什么事都难办呢。我以前知道很多秘密。我现在要转业了，我就要把以前的都忘记。我拼命地找别人谈话，是想加速这个过程。这就好比要在一张写满了铅笔字的纸上，再写满钢笔字，这样以前的字迹就看不清了。完全遗忘后，我就可以到新的岗位去了。

我说，你什么时候才能知道自己已经忘记了呢?

他苦笑了一下说，当我专注于忘记的时候，我就比什么时候都记得更清楚。

是的，我们都有这样痛不欲生的经验。当我们越想忘记一件事情的时候，其实反倒是把它放到记忆的密码箱里面了。这种时刻非常常见，同时也是非常倒霉。事情一进入了这样的恶性循环，几乎就是记忆的癌症了。那些我们期待忘却的记忆，甚至在幽暗的骨灰匣子里，依旧像一块冥顽的弹片熠熠闪光。

记忆不属于生理，记忆是心理的。我们的历史，就是我们的记忆。丧失记忆，将不知道自己是谁。经验就是一种心理记忆。当遭遇陌生的境遇和挑战，我们飞快地检索，以期从记忆中找到可资借鉴的经验。感情，更是心理记忆的无价之宝。童年是记忆的滥觞之地。无论走到哪里，哪怕一无所有，因为有记忆，我们就不孤单。我们的知识，更是我们的记忆了。我们的友谊，也是记忆。没有记忆的友谊，是现代社会人际交往中的速食面，蜷曲着，散发着防腐剂的可疑味道。情感的温暖和光芒，都浓缩在记忆里面，在寒凉中弹射出金色。

记忆又是独立的。它刚直不阿，不卑躬屈膝。它兀自地游走着，不看任何人的脸色，不顾忌世态炎凉。有些人企图修改自己的记忆，但你骗得了别人，骗不了自己。记忆在重重的谎言覆盖之下，依然保持着耿直生命的姿态，等待着复苏的时候。甚至由于这种压迫，它更清醒和更明晰了。在人所具有的所有功能之中，记忆有一种我们尚不能完全明了的强硬品格。即使是一个懦弱而充满欺诈的人，我依然相信，在他大脑的极地下，活着晴朗的记忆苔藓。它们无法长成大树，但它们有着灰绿色的生命。

记忆是诚实的。如果没有一个快乐的童年，你不可能回到从前，涂抹粉红的颜色。你需要接纳你的记忆，如同接纳你与生俱来的一切。

由于记忆的这种非凡的品格，所以，世界上很多罪恶，都是为了和记忆作对才产生的。为了对抗痛苦和迷惘，人们酗酒吸毒，沉迷于种种感官的刺激。记忆丧失，是很可怕的事情。我们爱什么恨什么，喜欢什么厌恶什么，都是由我们的记忆组成的，甚至可以说是由我们的记忆控制的。记忆是我们的无冕之王，记忆是我们体内的暴君。记忆主宰着我们却又不动声色。当我们以为自己是在书写新的篇章的时候，记忆在一边暗笑。所有草稿早已打好，你不过是在一字一词地誊清。

我们活在我们的记忆里。这是一个事实。这个事实，让我们对我们的记忆肃然起敬，又心生畏惧。我们的记忆是隐形的，又是无所不在的。我们的记忆是柔软的，又是钢铁般坚硬的。记忆这个东西，大象无形地左右着我们，又销声匿迹满脸无辜。

心理的记忆是无法修改的，只有重组。重组不是覆盖记忆，只是对某一特定的记忆有了新的解释。记忆是需要解释的，记忆只是一个事实。对一个司空见惯的事实，有着怎样的解释，是沉迷往事还是奋起向前的分野。

我们的记忆，不仅仅是属于每位自己的。也就是说，它不但是我这个生命存在期间的产物，而且在我出生以前很久的势态，也深刻地影响着我的记忆。这种集体无意识，弥散在周围的空气里，分散在文化的颗粒中，被我融入自己的血液，流过生命的过程。

有一部分记忆改头换面，潜藏在心灵的地下室。它们可以沉睡多年，却不会永远甘于寂寞。当它们一旦释放出来，那可怕的能量滚滚而下，摧枯拉朽淹没一切。那时候，我们是记忆的主人，又是记忆的奴隶。在饱受记忆惠泽的同时，也会领教它出其不意的危害。记忆伴随着情感。没有情感的记忆是不牢靠和不持久的。情感是记忆的盐。机械的记忆是枯燥和干瘪的，它们轻飘飘的极易随风而逝。伴随情感的记忆是饱满和长着触角的，它们灵动地滑翔着，无数的联想就如同萤火虫似的聚拢过来。当我们以为自己是在创新的时候，其实只不过是记忆发生了新的组合，一些原本酣睡的记忆跳起了圆舞曲，它们如同万花筒内的玻璃晶，勾搭粘连，幻化出了莫测的图案。

如此说来，记忆既是古老的妖婆，也是婴儿的产床。记忆是兼容并蓄又是一意孤行的。人类至今无法操纵自己的记忆，这是遗憾也是福气。人类在遗忘中筛选自己最宝贵的一切。记忆特立独行的品格，是人类良知最后栖居的湿地。这里飞翔着黑白天鹅也潜伏着毒虫。

我们了解自己的记忆吗？唔，不了解。我们看不到它，只能看到它飞过天空的影子。我们由它组成，受它役使。它是国王又是仆人。它时而懒惰异常时而又伶俐无比。试问还有什么比优异的记忆力更令人羡慕的？那不仅仅是一种天赋，更是学历和坦途的保修证。还有什么比丧失记忆力更令人恐惧的？那不仅仅意味着人将混同于一株植物，更是遭人怜悯和被抛弃的代名词。记忆就这样君临人类的天下，让我们在它的石榴裙下臣服。

当你为什么热泪盈眶，为什么沉默不语，为什么拔刀相助，为什么长夜无眠……凡此种种，都是你的心理记忆浮出海面的时候。搜索海下那庞大的坚冰，是你永远的工作之一。

浸透罂粟的骨髓

朋友是戒毒医院院长，常邀我去她那里坐坐。

“我才不去呢。我对丑恶的大烟鬼毫无兴趣。你也趁早洗手别干了，这是和魔鬼打交道的行当。”我说。

朋友摇头说：“因为我的工作，真有人从此就戒了毒。挽救了一个人就是挽救了一个家啊。”

一天，她打电话说：“你来吧，我治好的一个外地病人要来复诊，你可和他聊聊。”

我如约到达医院。朋友先向我简要地介绍了病情，说即将来的这个小伙子身上承担着三条性命。

他的老父亲，年轻时丧了妻，一个人抚育着小伙子和他的姐姐，吃了无穷尽的苦。好不容易拉扯着孩子们长大了，成家了，日子好过一些了，没想到女儿得了白血病。

姐姐到医院治疗，医生说只有骨髓移植可以救她的性命，否则就只有一年的活头。

骨髓移植必须要有人捐出骨髓，彼此的型还要相符，要不就是移植进去也存活不了。

老父亲热泪滚滚地说，我这么大的年纪了，把我的骨髓抽干吧，只要能救我的孩子。要是女儿死了，我还活着，以后我有什么脸面到地下去见他们死去的亲娘！我不能白发人哭黑发人啊！医生，求求你们!

医生查了老人的骨髓型，可惜不符，无法输入。

老父亲就让儿子去查，儿子说什么也不去。

老人大怒，对儿子说："十指连心，长姐如母，你怎么能在给亲人救命的时候，连个见义勇为的过路人也不如！"

不论老父亲怎样涕泪滂沱地恳求，儿子就是坚决不肯伸出胳膊化验骨髓。其实，为了姐姐，他痛不欲生。

他吸毒。他的血液里浸透了海洛因，骨髓里漂浮着罂粟，所以他不敢给自己的姐姐捐献骨髓。眼看着姐姐一天天枯萎下去，他终于偷着找到医院，讲了自己的情况，请医生检查他的骨髓。他起誓说，只要他的骨髓和姐姐的相符，他就一定戒掉毒品，把新鲜健康的骨髓捐给姐姐，使自己和姐姐一道得到新生……

他的骨髓型恰好和姐姐相符，输进去，姐姐就有救了。可我们把消息告诉他，他又无动于衷了。

随着毒瘾的深入，吸毒的人亲情意识泯灭殆尽。除了毒品，他们对什么都毫无兴趣。毒品变成他们的脑、他们的血、他们的根。世间万物，只有这种白色粉末是他们唯一的亲人，他们是被毒品异化了的怪物。

姐夫找到他，长跪不起。

也许他和姐姐相濡以沫的童年还温暖着他的心，也许他希望孤苦一生的父亲有一个安然的晚年，小伙子残存的良心被眼泪浇得发了芽，他捶胸顿足地到这里戒毒来了。

他是我所遇到的最坚决的一个自愿戒毒的病人。在快速戒毒的过程中，他表现良好，甚至很能吃苦。离开的时候，他带了足够的药，以备在今后的日子里抵御毒品的诱惑。半年过去了，今天，是他来复查的日子，要是一切正常，他就可以给他的姐姐输骨髓了。

骨髓移植是一个很复杂的过程，既要挽救他姐姐的生命，也不能损害了他的健康。抽髓要分很多次进行，要几个月才能完成……朋友兴致勃勃地说着，渐渐进入很学术很专业的领域。医生对一个成功病例的珍爱，不亚于工艺美术大师对精雕细刻的象牙的喜欢。

我被朋友的快乐所感染，问道："那是一个怎样的小伙子呢？"

朋友说，我们都称他小西北，很讲义气，说话算数。

正聊着，护士进来说："院长，小西北来了。"

我急忙跑进接诊室，步履比朋友还要迅疾。

一个骨骼高大但羸弱无比的汉子，蛹一般蜷缩在地上，好像寒风中最后一条青虫；脸色似简易厕所的墙壁，白垩中挂着晦暗。鼻涕毫无知觉地流淌着，耷拉在嘴角。眼神毫无目的地游荡着，头发干涩地飘舞，手指神经质地弹动着，全身被一种不由自主的悸颤击穿。

院长痛心地闭了一下眼睛，再打开眼帘时，冷峻的目光彻入肺腑。

“你又吸粉了？”院长问。

“不……没有……哪能啊……我不能辜负了你们的治疗……”汉子眼睛看着墙角，结结巴巴地说。

“小西北，不要骗我了。我医过多少吸毒的病人，真正戒了毒的人绝不是你这个样子。”院长威严地说。

“我发誓……凭天王老子、地母娘娘……以我在世的父亲和去世的老妈的名义起誓，绝对没……你们当医生的不能瞎冤枉人……”他抓耳挠腮涕泗交流，破鞋板将水泥地扇出呱呱的响声。

说实话，他的形象虽然可厌，嘴巴却吐尽了常人所能想到的咒语，使你不由得半信半疑。

院长不理睬他的叫嚷，肯定地说：“我说你吸毒了，你说你没吸，不要再在这里吵个没完。我们给你做一个尿液毒品检验，一切就将大白。”

“不……我不做尿毒检……”

小西北原本站在墙角，这时猛地向后退缩，使他几乎嵌进了墙缝，粗糙的轮廓像铁丝网一样摇晃，仿佛顷刻间就会坍塌。

尿毒检是一种灵敏度极高的检测手段，只要吸食了毒品，哪怕极微量，它也能火眼金睛地鉴定出来。

“小西北，戒毒医院是帮助你们的朋友。你既然不相信我们，不配合治疗，到这里来干什么呢？你的父亲，你的姐姐，那样殷切地期望着你，你再次吸毒，辜负了亲人们的一片苦心。你不想戒毒，又不接受检查，那你找我们做什么？请你从医院回去吧。”

院长看也不看小西北，转过身，独自面对着透明的玻璃窗说。

小西北突然一反常态，嬉皮笑脸地迎上前：“我错了！院长大姐，大人不计小人过！我不是人，我是狗！您不就是要我点尿吗，我的尿也不是XO，也不是人头马，没那么金贵，我给您尿点就是了……”

院长正色道：“不是我要你的尿，是医院化验需要你的尿。”

小西北涎着脸说：“都一样。院长就是医院，医院就是院长。我不是不爱给您尿，是怕您给我验出来。您还真有经验，一眼就看了出来。没人能瞒得过您的眼神。我真的扎了‘飘’，您一查尿，我就得露馅儿……”

他一反刚才的颓废，喋喋不休地叫嚷着，眉飞色舞，好像有庞大的人群在听他讲演。

“谁陪你来的？”院长打断他的话，简捷地问。

“我爹，还有我姐夫，都在楼底下等着呢。他们都不知道我又吸毒了，我不让他们上来，怕伤了他们的心。他们以为我的骨髓是干净的，我姐姐正眼巴巴地在病床上躺着等着我呢……医生说过，这是她最后的机会了，要是再没有人给她输骨髓，不定哪个早上，她就再也醒不过来了……”

小西北说着泄了气，原本就佝偻的背脊更加塌陷，神色黯淡下来，无限的凄楚笼罩在眉眼间，半妖半神的杂糅之色使他目光迷离。

我微微张着嘴，不知说什么才好。通常的语言此刻完全失了效力。

检验结果，小西北体内的毒品呈强阳性。“你打算怎么办呢？”院长严正地问小西北。

“戒，这一次一定戒掉。求求你，这不但是救我，而且是救我姐姐，救我爹爹……我的血不单是我的，也是我姐的。我的骨髓不属于我，是我们全家的……您要是不收留我，我们全家就完了……”他像捶打棺材板一样拍着自己瘦骨嶙峋的胸脯，呼天抢地。

见院长仍在沉思，小西北毫无征兆地双膝一屈，猛地就给院长跪下了。

我生平第一次看到一个成年男子当众下跪，把头磕得砰砰响，心中一阵惊悸。

戒毒医院的院长对这一切司空见惯。她缓缓地偏转了一下身子，避开了小西北头颅的正前方。这使得小西北的跪拜没了对象，仿佛对着空洞的墙壁祈祷，有一种无所附丽的悲怆和微微的滑稽。

“小西北，你起来吧。让我们再从头开始新一轮的戒毒，希望你能有毅力，只是，我不知道你姐姐是否等得了那么长的时间。”

院长语气温和，充满爱和力量。

“这一次，我一定有毅力……”小西北几乎声泪俱下。

院长忙去了。一时间，屋里只剩下我和小西北两个人。

我看着这个骨髓中浸满了罂粟的人，说："你什么都知道，什么都懂得，你的身上寄托着几条命，可是你为什么管不住自己呢？"

小西北耷拉着脑袋，我看不见他的表情。

他说："毒品是一种白色妖精，要想逃脱它的魔爪，实在是太难了。你没有吸过，跟你说不明白。我从医院出去，回到过去的同伙儿那里，他们把粉塞到我手里，我的意志立时崩溃了……不，不说它了！从今天开始，我每天都要想想我的姐姐，想想我小时她对我的好处，想想她在病床上巴望活下去的眼神……我先用三个月戒掉海洛因，然后吃好的、喝好的，足足调养上三个月，把体内所有的毒气都洗清驱掉；把骨髓调理得像刚打鸣的小公鸡，又红又清亮，输给姐姐，滴滴是宝。要是不出岔子，那时正是阳春，医生说过，杏花开时是骨髓移植最好的节气，我的姐姐就得救啦！"

小西北一口气说了这么多的话，虚弱得冷汗直流。

我看着手舞足蹈的他，又下意识地瞅瞅墙上的挂历。

但愿小西北生命垂危的姐姐能够熬到春暖花开的季节。

从今天傍晚开始

喜欢文学，是从喜欢读书开始的。对于一个孩子来说，最容易得到的书，莫过于课本了。但读课本的感觉比较复杂，像一种奇怪的果子，刚开始品尝时有一点点甜，你可以结识一些新鲜的故事，但这种喜悦很快就会消失。你要学生字，要划分段落大意，要听写，要背诵，加之无穷无尽的考试和考试之后的惨痛记忆……涌上舌尖的就是不尽的酸楚和苦涩了。

课本常常不是使我们更爱文字，而是怕它了。

我坚信每一个孩子天生都是爱读书的，就像孩子都爱学习说话一样。你看到过一个婴儿拒绝牙牙学语吗？他虽然那么幼小，学得竟是那样执着努力。我猜，他一定在这一过程中，从了解别人和让别人了解自己的感觉里，得到奇异而巨大的快意。

读书是精神的再一次牙牙学语。你可以从他人的智慧里，领悟到更广大的世态和人情。古往今来那些动人心魄的文字，把我们的耳朵拉长了，使我们听到了遥远地域和年代的回声；使我们的视力像喜马拉雅鹰一般锐利清晰起来，笔直地穿透尘埃洞察秋毫；使我们生命线的两端射线般地伸延，触及到今生今世我们未必能有机遇亲身体验的人类复杂情感的深处；使我们的心智丰盈和强韧，迸射出更热烈的光华……

和热爱成长的婴孩一样，听得多了，你就有想说的愿望。把自己的心语倾吐出来，在茫茫人海中寻觅相似的感动——我不知道别人是因何而动笔写作的，在我，是因为一种孤独赶路的寂寞和对于人生的悲悯关爱。

由读而写，由写而读更多的书，是一个散射温暖光芒的圆形轨道，它旋转的引力召唤着我们，每一个时刻都敞开着，接纳热爱者的从容揳入。无论是读书还是写作，都可以从今天傍晚开始。

指纹状的菌落

那时我是一个年轻的实习医生。在外科做手术的时候，最害怕的是当一切消毒都已完成，正准备戴上手套，穿上洁白的手术衣，开始在病人身上动刀操练的时候，突然从你的身后，递过来一只透明的培养皿。护士长不苟言笑地指示道，你留个培养吧。这是一句医学术语，翻成大众的语言就是——用你已经消完毒的手指，在培养基上抹一下。然后护士长把密闭的培养皿送到检验科，在暖箱里孵化培养。待到若干时日之后，打开培养皿，观察有无菌落生长，以检查你在给病人手术前，是否彻底消毒了你的手指。如果你的手不干净，就会在手术时把细菌带进腹腔、胸腔或是颅脑，引起感染。严重时会危及病人的生命。

我很讨厌这种抽查。要是万一查出你手指带菌，多没面子！

于是我消毒的时候就格外认真。外科医生的刷手过程，真应了一句西谚：在碱水里洗三次。先要用硬毛刷子蘸着肥皂水，一丝不苟地直刷到腋下，直到皮肤红到发痛，再用清水反复冲洗，恨不能把你的胳膊收拾得像一根搓掉了皮、马上准备凉拌的生藕。然后整个双臂浸泡在百分之七十五的酒精桶里，度过难熬的五分钟。最烦人的是胳膊从酒精桶里拔出后，为了保持消过毒的无菌状态，不能用任何布巾或是纸张擦拭湿淋淋的皮肤，只有在空气中等待它们渐渐晾干。平日我们打针的时候，只涂一小坨酒精，皮肤就感到辛凉无比。因为酒精在挥发的时候，带走了体内的热能，是一种强大的物理降温过程。现在我们的上肢大面积裸露着，假若是冬天，不一会儿就冻得牙齿鼓点一般叩个不停。

更严格的是在所有过程中，双臂都要像受刑一般高举着，无论多么累，都不能垂下手腕，更严禁用手指接触任何异物。简言之，从消毒过程一开始，你的手就不是你的手了，它成了一件有独立使命的无菌工具。

我的同学是一位漂亮女孩，她的手很美，鸡蛋清一般柔嫩，但在猪毛刷子日复一日的残酷抚摸下，很快变得粗糙无光。由于酒精强烈的脱脂作用，手臂也像枯树干，失去了少女特有的润泽。“单看上肢，我都像一个老太婆了。”她愤愤地说。

以后的日子里，她洗手的时候开始偷工减料。比如该刷三遍，她一遍就草草过关。只要没人看见，她就把白皙的胳膊从酒精桶里解放出来，独自欣赏……有一天，我们正高擎双手，像俘虏兵投降一样傻站着，等着自己的臂膀风干时，她突然说，我的耳朵后边有点痒。

这是一件小事，但对于此时的我们来说，却是一件很难办的事。消过毒的手已被管制，我俩就像卸去双臂的木偶，无法接触自己的皮肤。按照惯例，只有呼唤护士，烦她代为搔痒。因手术尚未开始，护士还在别处忙，眼前一时无人。同学说痒得不行，忍不了。我说，要不咱们俩像山羊似的，脑袋抵着脑袋，互相蹭蹭？她说，我又不是额头痒，是脖子下面的凹处，哪里抵得着？我只好说，你就多想想邱少云吧。同学美丽的面孔在大口罩后面难受得扭歪了。突然，可能痒痛难熬，她电光石火地用消过毒的手，在自己耳朵后面抓了一把。

我惊愕得说不出话来，几乎不相信自己的眼睛。正在这时，护士长走了进来，向我和同学伸出了两个细菌培养皿……

其实事情在这个份上，还是可以挽救的。同学可以直率地向护士长申明情况，说自己的手已经污染，不能接受检验。然后再重复烦琐的洗手过程，她依旧可以正常参加手术。但她什么也没有说，哆哆嗦嗦地探出手指，在培养基上捺了一下……那天是一个开腹手术，整个过程我都恍惚不安，好像自己参与了某种阴谋。

病人术后并发了严重的感染，刀口溃烂腐败，高烧不止，医护人员陷入紧张的治疗和抢救。经过化验，致病菌强大而独特。它是从哪里来的呢？老医生不止一次面对病历自言自语。过了几天，手术者的细菌培养结果出来了，我的同学抹过的培养基上，呈现出茂密的细菌丛，留下指纹状的菌落阴影，正是引致病人感染的险恶品种。

那一刻，我的同学落下一串串眼泪。由于她的过失，病人承受了无妄之灾。她的手在搔痒的时候，沾染了病菌，又在手术过程中污染了腹腔，酿成他人巨大的痛苦。

病人的命总算挽救回来了，但这件事被我牢牢地记在心里，不敢忘怀。

随着年岁渐长，我从中悟出了许多年轻时忽略的道理。

首先是感染和腐败几乎是一种必然。牛奶放在那里，不加温不冷冻，随它去，就一定会变酸发臭。没有特殊的防腐措施，想在常温下保持牛奶的新鲜品质，是痴人说梦。铁会生锈，木头会腐烂，水面布满青苔，密闭的房屋长毛生霉，空气发出臭鸡蛋的味道……腐败几乎是无处不在，见缝下蛆。我那个同学只用手搔了一下耳后，千真万确，仅此一下，病菌潜伏到了她的手上，播种到手术刀口里，就引发了恶劣后果。细菌的生命力和感染力，真是不可思议地强大，任何侥幸心理都是万万要不得的。

二是防感染和腐败的措施，只要认真执行，是一定有效的。凡是认真执行了刷手要诀的人，每次细菌培养就都是阴性，他们的手术后感染率几乎是零。感染和腐败不是不可战胜的，只要有了切实可行、行之有效的措施，严格地执行用鲜血换来的经验教训，腐败和感染可以被制伏。

三是同样的致病菌，每个人的抵抗力不同，结局也就有天壤之别。潜伏在同学耳朵旁的细菌，肯定已在她身上生存多时，相安无事。可是移植到了病人身上，就引发了骇人的后果，盖因彼此的素质不同，结果也就因人而异。同学是正常人，有良好的防御系统，所以病菌伤害不了她。但开刀的病人就不同了，自身抵抗力薄弱，雪上加霜，差点要了性命。当然我这样说，并不是要求病榻上的人要有运动健将一般的体魄，只是说加强自身的防御系统，是抵御病菌最有效的武器。一个人遭受细菌的感染不可避免，但有了足够的准备，即使敌人侵入，也可以在最短的时间内将其歼灭。

最后是要找到一个黄金般的点。应该说抗感染的杀菌药物是十分有效的，医生把致病的细菌培养出来，它就成了靶子。把各种抗菌药物，以不同的浓度加到培养皿里，观察哪种药物杀菌最有效，然后对症下药，把病菌最敏感的药物压下去，力争在最短的时间里，取得胜利。记得老医生总是很仔细地计算用药的剂量，根据病情，反复测算。我看得不耐烦，说搞这么复杂干什么，不是治病救人吗，当然剂量越大效果越好。老医生说，任何药物都是有毒性的，正是为了治病救人，才要找到一个最恰当的剂量，既干净彻底地消灭了病菌，又最大限度地保护挽救病人，这是一门艺术。一个好医生的职责，就是要找到这个像黄金分割率一般宝贵的结合点……

我记住了他的话，但更深刻地领悟它，却是在年岁渐长，看到了许多医学领域以外的问题之后。

病菌和微生物向我们撒下天罗地网，由它们引致的感染与腐败，每日每时都在发生。和形形色色的腐败菌做斗争，也许将贯穿经济和政治生活的整个历史。我们将会有更优秀的医生，我们将会有更强大的药品，我们将会有更严格的消毒手段，但加强自身的抵抗力，永远是最重要的。在旷日持久的战斗中，不断地完善自己、修复自己，人类才会保持蓬勃的生命力，欣欣向荣。

轻裘缓带

有一阵，我对各式各样能让自己放松的法子颇感兴趣。看了不少的书，听了若干的讲座，甚至还向别人传授过放松的技巧，以应对诸如考试时的大脑蓦然空白、马上就要上场讲演却遗忘了最重要的名称等等窘迫的危机。应用的结果是有微效，但无显效。一种治标的法子是，利用身体和心理相辅相成的原理，以规定性的动作让肌肉松弛，期待着达到心境松弛的目的。想法是不错，只是难以百发百中。心理这个东西并不傻，它完全明了你的意图，是一个火眼金睛的上级指挥官。当你还没有开始动作的时候，它就前瞻到了。为什么你的心理会紧张到失措？必有迫它进入这种状态的强大潜在驱力，不针对这个驱力做釜底抽薪的功夫，只是一呼一吸地忙碌着你的肚皮，结果是扬汤止沸，可收一时之功效，却无根除之法力。

要把内心的紧张源探查清楚，那是一个大工程，也许需要专业人士的帮助。有一个针对身心紧张的小法子，就是着装上的轻裘缓带。服装是最贴近我们身体的小环境，如果它宽松舒缓轻柔随意，有助于安抚神经，酿造安然淡定的状态。轻裘缓带——你试着看看这几个字，是不是盯着盯着就有一种略带飘然的松弛感？

现代的服装太让人感觉紧张了。西服简直就是“笔挺”的同义词，如果你穿西服而又不够笔挺的话，意味着不是老土就是落魄。套装也是如此，最适宜的角度是穿着高跟鞋，略向前倾地谦恭地站着，面露职业的微笑。如果是匆匆长路或是伏案苦作，这衣服一定会让你落下膝颈酸痛的暗疾。至于各式各样的行业制服，按照标准一丝不苟地穿戴起来，更是如盔甲一般郑重了。

看看自然界的生物多么优哉：懒散的熊猫和逍遥的金丝猴，滑翔的鹰和遨游的虾，它们都是恬然而自在的。惟有松弛才可达久远，惟有松弛才能更深入地开放潜能。即使是凶猛的虎和狮，当它们不捕食的时候，也是安详和优雅的。

弱小的动物通常是忙碌的，比如蚂蚁，比如蜜蜂，比如老鼠和兔子……但它们绝不会钻进有形有款的外套，憋住自己的手脚，那样它们干起活来一定多了汗水（蚂蚁和蜜蜂出汗吗？一笑），逃跑起来一定少了胜算。越是辛劳，肢体越要随心所欲地动作，才会有更高的把握和更快的节奏。

如今，袒胸露臂的衣服多了，单从妨碍动作的角度，它对肌体是一种解放。但它和轻裘缓带还是有所差异，被暴露的肌肤有可能在他人的注目下紧张，因为暴露的目的常常就是为了得到瞩目和好评。所以，覆盖得很少并不一定就是轻松，也许潜藏的期许更让人不安。所有对外在评价的留意，都是紧张轴心的发源地。

轻裘缓带的衣服是越来越少了。纵使有，也被纳入了“休闲”和“家居”的范畴，似乎是不登大雅之堂的。其实，工作中为何不能轻裘缓带？要知道，轻裘缓带这个词最早出现在《晋书·羊祜传》中，描绘的是将士在军营中的衣着。“祜在军，常轻裘缓带，身不被甲。”既然在森严的兵营中都可轻裘缓带，被紧张折磨的现代人，为什么不可徐缓一把呢?

如果你已经修炼到宠辱不惊，那么，穿什么都不重要，它都不会让你紧张。只是对于我这等道行不够之人，穿得宽松些，本身就是对紧张的挑战了。

腰线

早年的卫生间只在壁上刷点白灰，像个从溪流里站起来的裸孩，斜披着毛巾。如今的房子，厨卫是重点，你再不讲究，也要贴上瓷砖才能说得过去。

到建材市场挑选瓷砖，成了装修的必修课。砖铺像丝绸店，满眼花色闪闪烁烁，不知该挑哪一种好。顾图案更要看价钱，很快你就发现，精美瓷砖是没有止境的，但钱包是有大小的。到了最后，演变成先看价钱再定花色，流程进入量体裁衣看米下锅的局面。为了选瓷砖，我和丈夫甚至破了不当着外人争执的约定，不止一次吵得面红耳赤。一旁的店员漠然立着，连点好奇的神色都不屑流露，想来因瓷砖而起的硝烟，她已见惯不怪。

关于购买何种瓷砖，好不容易统一了意见，分歧又再接再厉地出现了。要不要花砖？要不要腰线？

花砖是成套瓷砖的点睛之笔。瓷砖是淡绿调子的，花砖可能就是一丛披头散发的翠竹。瓷砖是棕黄调子的，如果是厨用，花砖上就有深驼色的咖啡杯盏，有袅袅的白气升起。如果是卫浴用，可能绘有几间木屋一丛野花，或许还有蜜蜂……有款砖叫做“海洋之心”，花砖镶着大朵的蔚蓝色椭圆形玻璃，假扮那块长眠在深海之下的无价钻石。

更讲究的花砖像是一部有头有尾的小说呢。一款叫做“爱情鸟”的瓷砖，花砖就有几种格局。一块是两只水鸟相依为命，耳鬓厮磨的。这好理解，新婚燕尔啊。再一块就是三只鸟左顾右盼呼朋引伴的。这多出来的鸟，可不是什么非法闯入者，而是大鸟们辛辛苦苦孵出的小鸟。不知这两幅是不是全本，依此推下去，还可演变出多款情节。比如三只鸟展翅飞翔，比如四只鸟组成团队……

花砖之外，还有腰线。腰线并不像它的名字那样谦逊，它不是一条简单的线，而是由很多块精巧的长方形瓷砖连接而成的瓷砖带，缠绕在整壁瓷砖的中段。

腰线是缩小了的花砖，有图案，甚至也有情节。比如上面说到的“爱情鸟”，腰线就是一只小鸟破壳而出，茸茸的羽毛和残缺的蛋壳，把爱情和繁衍拴在了一起。

腰线不便宜。瓷砖和瓷碗该是近邻吧？瓷碗是有曲线的，瓷砖却是完全不曾发育的平板，但一块腰线比一个普通的饭碗要值钱很多。腰线是很团结的，你不可能只贴一块，它们有着一荣皆荣一损俱损的气节。围着墙手拉手形成包围圈，统算下来，会吓得你的钱包一抖。若不镶，就一块都不能上，瓷砖的拼缝才能妥当。饭碗是生活的必需，而腰线则是锦上添花可有可无的，带着些许孤芳自赏的奢侈。

母亲的新房子，割舍了所有的腰线。按说这点钱还是有的，但母亲坚决不肯，说有没有腰线是一样的，不花这个冤枉钱。

然而，有没有腰线是不一样的。就像上面说的“爱情鸟”，省去了雏鸟啄破蛋壳的那一幕，花砖上的两只鸟很突兀地变成了三只鸟，常常叫人疑心那小鸟的来历，甚至误会这是另外的一家人了。“海洋之心”的腰线是一圈蓝白相间的小“钻石”，仿佛一挂悬垂的珠链。取消之后，墙壁上半截的莹白和下半截的蔚蓝，生硬地焊接在一起，丧失了柔和的过渡。孤零零的“巨钻”没来由地在白瓷板中闪烁，像一只莫名其妙的怪眼。

我觉得自己对不起母亲的新居，推而广之也对不起腰线。终于有一天，得了补偿的机会。我路过一家店铺，看到大肆甩卖腰线。腰线的图案是很耀眼的玫瑰花蕾，夹杂着点点的金红，绮丽而烂漫。我不假思索地买了很多腰线，辛辛苦苦地搬回家，才面对一个严峻的问题——这些腰线嵌在哪里?

腰线是美丽的，但许多腰线聚集在一起，除了让人眼花缭乱之外，就是安置它们的焦灼了。如同皮带是用最好的牛皮制造的，但你面对一堆皮带时，既不能把它们缝制成皮氅，也不能敲打成皮鞋。

失去了烘托和陪衬的腰线，也散失了精彩和雅致，剩下的是纷乱和拥挤。楼梯下有一间楔形的小房子，别家把它改造成了狗舍，我家堆积着杂物。早先一直是水泥墁地，如今我把腰线密集地砌在那里，闪闪花蕾只好在尘埃下皱缩。

看到过一条关于人才的定律，说全由极高智商的人组成的团队，那效率和智慧却并非最高，反倒不如人才的阶梯状组合，方能发挥出最好的效力。仿佛腰线，顾名思义，只能是一面素墙美丽的统帅，而不能铺陈得漫山遍野。

最大的缘分

这几年，缘字泛滥，见面就是缘。

在翠绿的伊犁河谷，一位哈萨克少女，高擎着马奶子酒说，尊贵的客人，世上最高最长远的缘分是什么呢？是吃啊！一生下来，婴儿就要吃。到不能吃的时候，缘分也就尽了。人们因吃而聚，因吃而离……

那一天，所有的味道，都被这句话漂白。

吃是笼罩天穹的巨伞。甚至从生命还没有诞生，我们就开始吃了。构成我们机体原初的那些物质：骨的钙，血的铁，瞳孔的胡萝卜素，头发的维生素原B_5，肌肉的纤维，脑神经的沟回……无一不是我们从大自然攫取来的。生命始自吃大自然，大自然是胚胎化缘的钵，这就是最洪荒的缘分啊。

出生后，我们开始吃母亲。乳汁是世界上最完整最富于消化吸收的养料，妈妈的胸怀，是我们赖以生存的谷仓，遮风雨的帐篷，温暖的火墙和日夜轰响的交响乐团（资料证明，婴儿在母亲的心跳声中，感觉最安宁。因为这声音的节奏，已融入孩子永恒的记忆）。因为吃与被吃，母与子，结成天下无与伦比的友谊。这种友谊被庄严地称为——母爱。

长大了，我们开始吃自己。养活你自己，几乎是进入成人界最显著的标志。填平空虚的胃，曾经是多少人惨淡经营的梦想。待统计到国计民生上，温饱解决了，我们就能进入小康，吃——此刻不仅仅是食物，更成了逾越文明纪录的标杆。吃是基础，吃是栋梁，有了吃，一个民族才能在世界的麦克风中有扩大的声音。没有吃，肚子咕咕叫的动静压倒一切，遑论其他!

夫妻走到一块儿，叫作从此在一个饭锅里搅马勺了。吃是男女长久的媒人和黏合剂。

普天之下，熙熙攘攘，多少酒肆饭楼，早茶晚宴，都是为吃聚在一处。古往今来，不知有多少大事在觥筹交错中议定，有多少金钱在餐桌下滚滚作响。

为了吃，人是残忍的，远古时曾尝遍了包括人自身在内的所有生物。进步了，不再吃人。科学了，不再吃有害健康的食物。但人的好吃仍是无与伦比，毒蛇有毒，拔了牙吃；河豚烈性，剥了内脏继续吃；珍禽异兽，都曾被人烹炸清炖，吃了南极吃北极，先是磷虾后是鲸……人是地球上能吃善吃的冠军，狮子老虎都得自叹弗如。

吃到遥远的地方，吃出奇异的境界，是人类永不磨灭的理想。所以人总想吃出地球去，吃到太空去，到另外的星球上找饭辙，这便是无限神往的明天了。

到什么也不想吃的时候，生命已到尾声，与这世界的缘分将尽了。所以能吃是最基本的缘分，切不可小觑。与“能吃”的可爱相比，功名利禄都是泔水。吃亦有道，须吃得聪明，吃得正大，吃得坦荡，吃的是自己双手挣来的清白，吃才是人间的幸福。

珍惜能吃的日子，珍惜一道举筷的亲人。珍惜畅饮的朋友，珍惜吃的智慧。敬畏热爱供给我们吃的原料、吃的场所、吃的机会、吃的概率的源头——大自然与母亲!

泥沙俱下地生活

有年轻人问，对生活，你有没有产生过厌倦的情绪？

说心里话，我是一个从本质上对生命持悲观态度的人，但对生活，基本上没产生过厌倦情绪。这好像是矛盾的两极，骨子里其实相通。也许因为青年时代，在对世界的感知还混混沌沌的时候，我就毫无准备地抵达了海拔五千米的藏北高原。猝不及防中，灵魂经历了大的恐惧、大的悲哀。平定之后，也就有了对一般厌倦的定力。面对穷凶极恶的高寒缺氧、无穷无尽的冰川雪岭，你无法抗拒人是多么渺小、生命是多么孤单这副铁枷。你有一千种可能性会死，比如雪崩，比如坠崖，比如高原肺水肿，比如急性心力衰竭，比如战死疆场，比如车祸枪伤……但你却在苦难的夹缝当中，仍然完整地活着。而且，只要你不打算立即结束自己，就得继续活下去。愁云惨淡畏畏缩缩的是活，昂扬快乐兴致勃勃的也是活。我盘算了一下，权衡利弊，觉得还是取后种活法比较适宜。不单是自我感觉稍愉快，而且让他人（起码是父母）也较为安宁。就像得过了剧烈的水痘，对类似的疾病就有了抗体，从那以后，一般的颓丧就无法击倒我了。我明白日常生活的核心，其实是如何善待每人仅此一次的生命。如果你珍惜生命，就不必因为小的苦恼而厌倦生活。因为泥沙俱下并不完美的生活，正是组成宝贵生命的原材料。

他又问，你对自己的才能有没有过怀疑或是绝望？

我是一个“泛才能论”者，即认为每个人都必有自己独特的才能，赞成李白所说的“天生我材必有用”。只是这才能到底是什么，没人事先向我们交底，大家都蒙在鼓里。本人不一定清楚，家人朋友也未必明晰，全靠仔细寻找加上运气。有的人可能一下子就找到了；有的人费时一世一生；还有的人，干脆终生在暗中摸索，不得所终。飞速发展的现代科技，为我们提供了越来越多施展才能的领域。例如，爱好音乐，爱好写作……都是比较传统的项目，热爱电脑，热爱基因工程……则是近若干年才开发出来的新领域。有时想，擅长操纵计算机的才能，以前必定悄悄存在着，但世上没这物件时，具有此类本领潜质的人，只好委屈地干着别的行当。他若是去学画画，技巧不一定高，就痛苦万分，觉得自己不成才。比尔·盖茨先生若是生长在唐朝，整个就算瞎了一代英雄。所以，寻找才能是一项相当艰巨重大的工程，切莫等闲视之。

人们通常把爱好当作才能，一般说来，两相符合的概率很高，但并不像克隆羊那样惟妙惟肖。爱好这个东西，有时候很能迷惑人。一门心思凭它引路，也会害人不浅。有时你爱的恰好是你所不具备特长的东西，就像病人热爱健康、矮个儿渴望长高一样。因为不具备，所以，就更爱得痴迷，九死不悔。我判断人对自己的才能，产生深度的怀疑以至绝望，多半产生于这种“爱好不当”的漩涡之中。因此，在大的怀疑和绝望之前，不妨先静下心来，冷静客观地分析一下，考察一下自己的才能，真正投影于何方。评估关头，最好先安稳地睡一觉，半夜时分醒来，万籁俱寂时，摈弃世俗和金钱的阴影，纯粹从人的天性出发，充满快乐地想一想。

为什么一定要强调充满快乐地去想呢？我以为，真正令才能充分发育的土壤，应该同时是我们分泌快乐的源泉。

他的最后一个问题是，你是怎样度过人生的低潮期的？

安静地等待。好好睡觉，像一只冬眠的熊。锻炼身体，坚信无论是承受更深的低潮或是迎接高潮，好的体魄都用得着。和知心的朋友谈天，基本上不发牢骚，主要是回忆快乐的时光。多读书，看一些传记。一来增长知识，顺带还可瞧瞧别人倒霉的时候是怎么挺过去的。趁机做家务，把平时忙碌顾不上的活儿都抓紧此时干完。

做女人的智慧

不论男性还是女性，每个人都有一个自己发现自己、认识自己的过程，它伴随着一个人成长的全过程，也随着每个人的成长而深化。我来北师大读心理学，就是想更好地了解人、了解自己。我觉得，人如果能把自己搞明白，是件很有意思很好玩的事。作为女性，更要了解自己，发现自己。通常，人说“人贵有自知之明”，都是说要明白自己的不足之处。而我认为，女性不光要了解自己的缺点，更要了解自己的优点、自己的特点，这才真的“珍贵”。

我做过医生，对女性的生理比较了解。男女生理上最大的不同是生殖系统的不同，但这种不同并不从根本上决定性别的优劣、强弱。我觉得男女的差异主要体现在社会性别上。我在西藏当兵的时候，我们司令员曾特别惋惜地对我说：“你要是个男的就好了。”我问为什么，他说：“你挺能干的，我想提你当参谋，以后还可以当参谋长，可惜你是个女的，这就没有一点办法了。”这是我长大成人后，第一次鲜明地意识到男女性别上的不平等。现实中，女性在权利、义务、文化、尊严等方面与男性是有很大差距的，女性在社会上的声音总是很微弱，这是和人类社会的发展过程息息相关的。古时候人们要打仗，丈二的长矛，女的就是拎不动。而现在，坐在电脑前，男女都一样，而且女的输入得可能还更快。人类的科技进步，为推动男女平等提供了基础，男女因为生理原因导致的不平等是可以渐渐被淡化的。

我发现我们女性和男性的差异，主要是由于文化上的原因造成的。比如，严父慈母大家都觉得很正常，但如果一个家里是严母慈父，大家会觉得有点例外。其实，慈、慈悲，是男女共有的品性，不是女人的专利。最近我看一位作家写的文章，说更年期本是人一个正常的生理过程，但人们说起时会认为它包含一种贬义。这里头就有非常多的文化因素。在大学听我做报告的女学生特别多，从她们的眼神中，我知道她们在思考，可到自由提问的时候，通常第一个站起来的总是男生。从我们的文化上讲，一个女孩子总要先看看别人讲什么，这么站起来会不会冒失啊，又担心自己的问题会不会太幼稚啦，实际上是一种文化在压迫着她。从某种程度上说，这是女性的“自动放弃”。人是生而平等的啊。平等不是等出来的，是自己做出来的。这种“文化上的压迫”存于心间，即使平等已经到来了，女性自己心里还是觉得不平等，那么，这种平等就不能真正地到来。

女性要学会思考，真正成熟起来。女性心理成熟和自身的阅历在一定程度上相关，而这种阅历只是一种成熟的土壤，成熟则需要智慧。比如一个女人经历了失败的婚姻，上一次她找了一个比自己强的失败了，这次就去找一个差的，最后她可能结了四次婚，还是失败了。阅历没有上升成为智慧，没有思考，失败可能还会重复，而并不能使她真正地成熟。我常常看到鸟儿一根一根地叼来树枝，千辛万苦也要给自己搭一个窝，我想，它们也是需要一个家，需要一种安全感。人也一样，只是女性在体力上没法跟男性比，所以，才对安全感要求更高。她们更需要男性的责任感，更需要关怀和呵护，这种需要是正当的。外在的柔软并不意味着女性就是弱者。在面对困境和生命挑战时，男女采取的方式可能不同，但克服困难的本质是一样的。女性凭借自己内在的力量，能够赋予自身生命的意义、人格的尊严。她们在挑战自我的程度上，在承担社会责任的能力上，和男性是相同的。

女性对自身的了解和认识，包括她对自身生命意义的认识。女性到底是为谁活着？很多女人视孩子和丈夫超过自己的生命，以他们为自己生存的意义而忽略了自己。丈夫、孩子无疑是值得女人为之付出的，但并不是女人的自身或全部。我们说，世界上没有相同的两片树叶，生命属于女人自己，女人应该是她自己，应该为自己活着。不少女人在失去丈夫时觉得自己没法活下去了，在孩子不在身边后突然觉得生活空空荡荡没了着落。漫长的岁月里，她们总是在等，等孩子的长大，等丈夫的闲暇，当这些都等到时，才发现自己已经衰老，已经远离了自己原本想干的事。每个人都应该对自己负责，女性如果把自己生存的意义完全寄寓于对方，寄寓于别人对自己负责，这对男人也是不公平的。

女人因为柔软，所以更需要智慧。情感充沛是女人天性的特点，但不应该是女人的弱点。情感是好东西，女人怎么能没有情感呢？只是女人在付出情感时需要判断对方的真假，付出情感后还要保持与男人发展的同步。当然，这种同步不一定是事业上的，而是精神上的同步，精神上的成熟。女人在工作、家庭中的角色本身也是在发展变化中的。一劳永逸是不行的，坐等十年，智慧也等不来。智慧不是来自于外界，而是女人自身的修炼、内在的积累。智慧的女人给人的感觉会是宁静的、平和的。

如果我有一个女儿（我有一个很会自己拿主意的儿子），我不预期她将来干什么，我会让她自己去经历成长，我希望她去读更多的书，希望她在智慧上更胜一筹。我相信，读书会开启女性自身的智慧。

从女性的特点来说，女性敏感细腻，更容易感受幸福。幸福对每个人的定义是不确定的。我在感到自己有力量的时候，有一种幸福的感觉。这种“有力量”不是指别的，而是我能感知美好的东西，我有能力决定自己的生活。

由从医到写作，是因为写作让我觉得愉快，让我了解人，了解自己，发现自己。我没有理由去做让自己不愉快的事。生命有不可预见性，生活多么新奇，能让我不断地要向前走，不断地进步，我感到很高兴。我想，所有的女性都一样，如果能真正地了解自己，能有智慧，做自己能做好的事，那么，幸福就在不远处。

爱怕什么

爱挺娇气挺笨挺糊涂的，有很多怕的东西。

爱怕撒谎。当我们不爱的时候，假装爱，是一件痛苦而倒霉的事情。假如别人识破，我们就成了虚伪的坏蛋。你骗了别人的钱，可以退赔；你骗了别人的爱，就成了无赦的罪人。假如别人不曾识破，那就更惨。除非你已良心丧尽，否则便要承诺爱的假象，那心灵深处的绞杀，永无宁日。

爱怕沉默。太多的人，以为爱到深处是无言。其实爱是很难描述的一种感情，需要详尽的表达和传递。爱需要行动，但爱绝不仅仅是行动，或者说语言和温情的流露，也是行动不可或缺的部分。我曾经和朋友们做过一个测验，让一个人心中充满一种独特的感觉，然后用表情和手势做出来，让其他不知底细的人猜测他的内心活动。出谜和解谜的人都欣然答应，自以为万无一失。结果，能正确解码的人少得可怜。当你自觉满脸爱意的时候，他人误读的结论千奇百怪。比如认为那是——矜持、发呆、忧郁……

一位妈妈胸有成竹地低下头，做出一个表情。我和另一位女士愣愣地看着她，相互对视了一下，异口同声地说："你要自杀！"她愤怒地瞪着我们说，岂有此理！你们怎那么笨？！我此刻心头正充盈温情！愚笨的我俩挺惭愧的，但没等我们道歉的话出口，那妈妈恍然大悟道："原来是这样！怪不得我每次这样看着儿子的时候，他会不安地说：妈妈，我又做错了什么？你又在发什么愁？"

爱是那样地需要表达，就像耗竭太快的电器，每日都得充电。重复而新鲜地描述爱意吧，它是一种勇敢和智慧的艺术。

爱怕犹豫。爱是羞怯和机灵的，一不留神它就吃了鱼饵闪去。爱的初起往往是柔弱无骨的碰撞和翩若惊鸿的引力。在爱的极早期，就敏锐地识别自己的真爱，是一种能力，更是一种果敢。爱一桩事业，就奋不顾身地投入。爱一个人，就斩钉截铁地追求。爱一个民族，就挫骨扬灰地献身。爱一种信仰，就至死不悔。

爱怕模棱两可。要么爱这一个，要么爱那一个，遵循一种"全或无"的铁则。爱，就铺天盖地，不遗下一个角落。不爱就抽刀断水，金盆洗手。迟疑延宕是对他人和自己的不负责任。

爱怕沙上建塔。那样的爱，无论多么玲珑剔透，潮起潮落，遗下的只是无珠的蚌壳和断根的水草。

爱怕无源之水。沙漠里的河啊，即便不是海市蜃楼，波光粼粼又能坚持几天？当沙暴袭来的时候，最先干涸的正是泪水积聚的咸水湖。

爱怕假冒伪劣。真的爱也许不那么外表光滑、色彩艳丽，没有精致的包装，没有夸口的广告，但它有内在的质量保证。真爱并非不会发生短路与损伤，但是它有保修单，那是两颗心的承诺，写在天地间。

爱是一个有机整体，怕分割。好似钢化玻璃，据说坦克压上也不会碎，可惜它的弱点是宁折不弯，脆不可裁。一旦破碎，就裂成了无数蚕豆大的渣滓，流淌一地，闪着凄楚的冷光，再也无法复原。

爱的脚力不健，怕远。距离会漂白彼此相思的颜色，假如有可能，就靠得近一点，再近一点，直到水乳交融亲密无间。万万不要人为地以分离考验它的强度，那你也许会后悔莫及。尽量地创造并肩携手天人合一的时光。

爱像仙人掌类的花朵，怕转瞬即逝。爱可以不朝朝暮暮，爱可以不卿卿我我，但爱要铁杵磨成针，恒远久长。

爱怕平分秋色。在爱的钢丝上不能学高空王子，不宜做危险动作。即使你摇摇晃晃，一时不曾跌落，也是偶然性在救你，任何一阵旋风，都可能使你飘然坠毁。最明智最保险的是赶快从高空回到平地，在泥土上留下深深脚印。

爱怕刻意求工。爱可以披头散发，爱可以荆钗布裙，爱可以粗茶淡饭，爱可以风餐露宿。只要一腔真情，爱就有了依傍。

爱的时候，眼珠近视散光，只爱看江山如画；耳是聋的，只爱听莺歌燕舞。爱让人片面，爱让人轻信。爱让人智商下降，爱让人一厢情愿。爱最怕的，是腐败。爱需要天天注入激情的活力，但又如深潭，波澜不惊。

说了爱的这许多毛病，爱岂不一无是处？

爱是世上最坚固的记忆金属，高温下不熔化，冰冻不脆裂。造一架爱的航天飞机，你就可以驾驶着它，遨游九天。

爱是比天空和海洋更博大的宇宙，在那个独特的穹隆中，有着亿万颗爱的星斗，闪烁光芒。一粒小行星划下，就是爱的雨丝，缀起满天清光。

爱是神奇的化学试剂，能让苦难变得香甜，能让一分钟驻成永远，能让平凡的容颜貌若天仙，能让喃喃细语压过雷鸣电闪。

爱是孕育万物的草原。在这里，能生长出能力、勇气、智慧、才干、友谊、关怀……所有人间的美德和属于大自然的美丽天分，爱都会赠与你。

在生和死之间，是孤独的人生旅程。保有一份真爱，就是照耀人生得以温暖的灯。

关于爱的奇谈怪论

爱是人们常常谈论的话题，因为在空气、水分、食物和安全之后，就是我们的爱了。比如安全这个问题，表面上看来是对环境的要求，其实是一种爱的深化，我们只有在爱中，才感觉自己是有价值，是值得爱护保护珍惜和发展的。一个丧失了安全感的人，是无法从容爱自己和爱世界的。比如人际关系，更是爱的浓缩和放大。难以设想，一个不爱他人的人，会有广泛的朋友和良好的社会关系。当然，他的身旁可能会聚集着一些人，但那不是心灵的需要，只是利益的驱使。谈到自我实现，更是爱的高级阶段。因为你的爱，超越了一己的范畴，才扩展到更广阔的人和事物。在这种升腾与弥散的过程中，爱变成一种柔和的光芒，从一个核心的晶体稳定地散发着，把温暖和明亮播扬到远方。

但是，当人们议论起爱的时候，却有着许多混淆和迷乱的地方。爱成了一个花脸，大家都随心所欲地涂抹着它的面孔，把自制的油彩敷在它的嘴角和眉梢。爱于是变得面目诡谲和莫测起来。有几个流传很广的说法，我想提出讨论。

其一，爱和年龄有关吗?

这是人们通常不付诸书面，但彼此心照不宣的概念。具体意思是——只有年轻人才享有充沛富饶的爱意，它的浓度随着年龄的增长而逐步递减，从高耸的爱的山峰萎缩至贫瘠的爱的荒原。由于这一假设的存在，年轻人因此而沾沾自喜，觉得自己仿佛享有一个爱的太平洋，可以不加计算地挥霍爱意。上了年龄的人则很气馁，当谈到爱的时候，很有一些王顾左右而言他的窘迫。爱的门扉已经像一家到了下班时间的商场，缓缓关闭。店员们带着疲惫的笑容在重复着“谢谢光临”，你也花光了所有的积蓄，即使别人不翻白眼，自己也无颜再耽搁，只有缩起脖子夹着尾巴却步抽身，才是明智之举。

有一种影响约定俗成，那就是——爱，似乎是年轻人的专利，或者只有他们才有深入探讨这个话题的必要。当人们说到中年或老年人的爱意时，会扭扭捏捏地觉得那是一种爱的残次品，不那么正宗，不那么地道。比如在形容青年以上年纪人的爱情的时候，基本不会用火热这个词，而只以温馨代替。毋庸置疑，温馨比火热的温度，要差着好几个数量级呢。

在人们约定俗成的看法中，爱是有年龄限制的。它大量地存在于生命旺盛的青少年，而较少地分泌于生命渐趋平稳和衰落的成熟期和晚期。

这岂止是谬误的，首先是奇怪的。它把爱这种密切属于人类的高等和神圣的感情，简化到相当于睾丸素、黄体酮之类内在的激素分泌物和诸如皱纹和胡须这种简单的外在指标了。

这必然首先牵涉到爱是一种生理现象还是一种精神现象？

持年轻人拥有最多的爱意的看法的人，其实是把爱定位在激素特别是性激素的产量上了。如果这样来看，年轻人是一定会把老年人打败的。但不幸或者是有幸的是，爱是一种精神的状态，是一种需要不断修炼和提高的艺术，是一种积累经验审视自我的完善过程。因此，爱是和年龄无关的。

证据就是，爱可以在年轻人那里发生，也可以在老年人那里发生。从有人类以来的无数故事和历史可以证明，爱不是年龄的产品，它是心灵的能力。

其二，爱和对象有关。

中国有一句俗语，现在被人用得越来越多了，那就是——遇人不淑。原来是女人专用的，如今也常常听到被抛弃和被耍弄的男人长吁短叹此词。爱错了人的惨剧，古往今来，总是屡屡发生。人们在唏嘘之余，总是悲叹那薄命女子痴情汉，怎么不把眼睛拭亮，偏偏遇到了不该爱不能爱的人，稀里糊涂地就爱上了，且爱得水深火热!

于是顺理成章地归纳出：在此情此景中，爱是没有过错的，错的是那爱的对象，不能承接爱，不能感悟爱，不配得到爱……总之一句话——所爱非人。不是有一首很有名的歌吗，叫作《爱上一个不该爱的人》……

这就很有一点讨论的必要了。

爱在这种悲剧中，似乎是孤立的一盆水，可以从楼台上闭着眼睛，泼到任何一个人的头上，凭的是冥冥之中的概率。和那个施爱者是没有关系的。甚至有一种可怕的论调，爱是盲目的，爱是碰运气，爱是不可知不可测定的，爱是没有规律的……

爱在这里蒙上了宿命和诡谲的色彩，被妖魔化了之后，躲在命运的山洞里，伺机以画皮的模样谋害我们。

这样以少数人的愚蠢所导致的失利，来嫁祸于爱的清白之躯，是不公平和不正派的。

爱是一个正常心智的明媚选择，它积聚了一个人的精神能量和所有的素养智慧，是综合力量的体现。它首先表现在施爱者是有力量和有眼光的。如果你根本没有爱的能力，好比压根儿就不会游泳，你误入爱的海洋，你被淹得两眼翻白，甚至有生命危险，但这不是海水的过错，这是因为你对自己技艺判断的失误。这是你的责任，怎么能迁怒于一望无际波澜壮阔的大海呢？人们对于自然界是如此地宽宏大量和易于理解，为什么就对与我们休戚与共的爱，如此苛求相逼呢？这后面是否掩藏着我们人类对自己的宽纵和对无言情感的肆意欺凌呢？

你爱错了，责任在你。不但说明你的眼睛不亮、视力散光、聚焦不准，而且说明你根本就不懂什么是爱。灾祸发生之后，搞清楚责任，是一件很痛苦和扫兴的事情，特别是在枝蔓生长到一败涂地的时候，挖掘出最初那悲惨的种子，原来竟是自己亲手播种的，当灾异显出狞恶之相时，自己非但没有亡羊补牢斩草除根，反倒以血饲虎姑息养奸以致贻害无穷……需要极大的勇气和力量审判自己。甚至可以武断地说，由于这类悲剧事件的主人公，原本就对爱的理解颇为肤浅偏颇，当他们气定神闲的时候，你都不能指望他们的明智与清醒，在危机翻江倒海而来的时候，期待他们能有很好的自省力度，几近奢望。同时，我也深信，不幸的现场，如果善加发掘，是一堂虽然付出高昂学费，但也会物有所值的宝贵课堂。有时，幸福这个老师，和颜悦色地教授给你的学问，绝对逊色于灾难声色俱厉的鞭挞。可惜的是，浑身伤痕的爱的败阵者，怨天尤人地呓语着，骂遍了天下人，单单饶过了自己。所以，我很想煞风景地提醒一下善良的人们，对于在爱的战役中的败将，如果他或她没有对自身的反思和批判，如果在交了一笔昂贵的爱的学费之后，学会的只是指责怨恨，那么，无论他或她显出多么楚楚可怜的模样，你可以帮助以金钱，却勿倾泻情感。他们不懂真爱，还须努力学习。

搞清爱的最主要方面，不是在于爱的对象，而在于爱的主体，是沉冷峻严的判断。当你在人世间承受着种种知识的积累的时刻，你还须不断地历练对于爱的思索和实践。你要善于总结经验。如果不把主要的光圈聚焦在自己的爱的基准上，只是在大千世界的林林总总中发泄怨气、推卸责任，你就不但受到了来自他人的情感重创，而且还丢失了以后避开类似伤害的亡羊补牢的篱笆。

有很多人以为，只要成功地找到了一个可爱的人，爱就如霍乱病菌一般，自动地以几何数量级地滋生起来，剩下的事，就是不断地收获爱的果实了。他们以为，爱主要是一个寻找的过程，找对了，就一好百好，找错了，就一了百了；是一件虎头蛇尾的事，成败仅仅维系在开端部分。

于是，找到那爱的对象就成了千钧一发生死未卜的事情。此事一完成，就马放南山、刀枪入库，只剩等着岁月这个发牌员，验证我们当初押下的签了。

爱是一时一事还是一生一世？

爱是一锤定音还是守护白头？

爱是一失足成千古恨还是勤勉呵护日积月累？

爱是变数还是常数？爱是概率还是守恒？

……

你的爱情等待你的看法。你的爱情验证你的看法。你能够有什么样的爱情观，你就有什么样的爱情。你的观念就是你的命运。

原谅我说得这般决绝甚至带有一点霸道。因为它实在太简单了。引发悲惨结局的肇事者，常常不是对复杂事物的判断，而是对常识的藐视和忽略。

领悟人生的亮色[①]

毕淑敏：

我是第一次接受女中学生的访问，心情激动。在你们提问之前，我先讲两句话：一是，我非常羡慕你们这个年龄。你们会说羡慕什么，我们还羡慕你们呢，可以独立自主，不必事事要听父母摆布。但这羡慕的话绝对是肺腑之言，因为一个人年轻的时候，那种蓬勃的生命力，那种开放的、多方面去锻炼成长、吸收知识、增长聪明才干的时光，不是人生的哪个阶段都能得到的，而这个阶段又是极短暂的，会飞快地逝去，因此，我希望你们珍惜中学时光。

① 这篇文章是作者在北京华夏女子中学的演讲。

另一句是，女生对世界的感觉往往比男生更细腻更敏感，她是用自己整个的身心去体验生活中的快乐与悲伤，感受成就与挫折，并将之折射进自己的心灵。女性心理上的这种独特性，决定女性时常是凭感情与直觉去把握事物，支配行为。这个世界不是到处都有鲜花，永远是春天，每天都是温暖的，有时会有阴天和冷天，会遇到艰难和曲折，这些对女孩子影响的分量也会更重。因此，女孩子要成就一番事业，一定要有坚强、坚定的意志，才有可能去领悟人生的亮色。

女学生：

谢谢您讲的肺腑之言。我们非常敬重您，喜欢您的作品，羡慕您的丰富经历。您的中学时代是怎样度过的，对您今日的成功有什么影响？

毕淑敏：

我中学就读于北京外语学院附中，校址就是现在的和平门中学内。三十年前学外语，尤其是从初中就专学外语是很时髦的，也是极难得的机会。考外院附中岂止是百里挑一，那是四百个人中取一人，我幸运地考上了这所学校。这个学校很怪，男生比例特别大，大约要占百分之七十以上，记得我的班只有九个女生。在中国男士中，没有“女子优先”的意识，作为一个女孩，学习成绩必须特别优秀，否则班上没人重视你的存在。这就是一种男女不平等的表现。尽管你们现在面对的世界比我们那时要好得多，但是也不会从天上掉下来一个男女完全平等的生存环境，女性要在世界上安身立命，只有靠自强自立。

就在我读初中时，“文化大革命”开始了。那时，我像孩子般地为“停课闹革命”而兴高采烈过。我从小就爱学习，各科成绩都不错，但心里仍惧怕考试，尤其是怕外籍老师的考试，因为外籍老师考的内容常常变幻莫测，随心所欲，无法预防。即使平时努力做好准备，考试时仍难对付。正当准备迎考时，突然宣布不上课，不考试了，怎么不让学生高兴呀。可是后来发现，终日聊天无所事事，没有知识的长进，只有无休止的批判、争斗时，才感到空虚和厌烦。

我的学校有一个很好的图书馆，当时图书馆有条特殊的规定，凡借看一本书，还书时必须交一篇大批判稿，否则就不能再借书。苛刻的条件没有阻止我们读书的热情，我们几个女生一窝蜂地跑到图书馆，每人借回一本书，互相传看着。为了取得借书资格，我只好违心写上一篇批判稿。记得我当时读的是托尔斯泰的《战争与和平》，于是批判稿就写上：托尔斯泰的《战争与和平》宣扬了资产阶级人道主义，他的错误观念主要表现在如下段落，请见第五十页，下面我就挑上一段托尔斯泰的精彩语句；再见第一百四十五页，下面又是一段原文摘录，而且我抄写得还很工整。由于当时是如饥似渴地读了这些书，又很认真地做了记录，至今书中许多段落我还记忆犹新。就这样，我取得了图书馆老师的信任，用这种方法不断地借书—读书—还书。其他同学渐渐地懒得写批判文章，陆陆续续地不再去图书馆借书了，可是他们又想知道书中的内容，于是同宿舍的同学出了一个主意：“让毕淑敏每天晚上给大家讲小说中的故事。”这样，就像长篇小说连续广播似的，我每天给大家讲上一小时，从未间断过。我讲过雨果的《笑面人》，听过我讲这篇小说的一位同学，她现在美国，她告诉我，听了我讲的之后，她就再不想看原著了，因为印象太深了。回想起来，同学们的这个主意，还真让我受益匪浅，因为我不仅要天天看书，还要认真读懂；不仅要记牢，而且要把故事完完整整地复述出来。在这两三年里，虽然“停课闹革命”，可我却通过这种自学方式，读了大量名著，讲了许多故事，从而打好了文学功底，提高了语言表达能力。名著是前人以智慧的头脑把对人生的感悟、对世界的体验，用文学记载下来。它像一把火炬照亮人生、启迪后人，这是人类文明的传递，也是人自我完善的火种。

女学生：

听说您当过兵，做过军医，又在西藏阿里生活了十一年，您觉得这种生活的价值是什么？

毕淑敏：

我出生在一个军人的家庭，如果说我的良好教养、善良品格受之于我的父母，那么成就我的事业、奠定我的人生价值的该是中国西部的阿里高原，是她给我心中留下刻骨铭心的印记。

那是1968年底，冬季征兵开始。我当时确实挺想当兵，一是到了部队可以发衣服，二是可以不去农村插队。十六岁的我，身体特别棒，一米七〇的个头，体检不仅合格，而且还是特别好的身体，因此把我分到了西藏阿里地区，就是孔繁森后来工作过的地方。

穿上绿军装的那天，我们这些新兵就踏上了西行的路。满以为乘军列可以直达新疆乌鲁木齐，没想到军列竟站站停车让行，好不容易才到了目的地，一部分女兵留在这里，另一部分要翻过天山到南疆喀什。这段路程更难走，没有了火车，要坐六天汽车，我又晕车，那种难受的劲头，不堪回首。到了喀什进行短暂的新兵训练后，只挑五个女兵去阿里当卫生兵，许多人表决心，写决心书，争着抢着要当卫生兵。我没有表态，倒不是害怕去阿里，而是不想当卫生兵，我觉得整天和愁眉苦脸的病人打交道，不如当通信兵爬电线杆自在。万万没想到这次却挑到我头上。那时我们没有选择的自由，只有服从安排。

我前面讲羡慕你们，还包括羡慕你们今天有许多选择的机会，未来的命运是掌握在你自己的手里。你喜欢做什么，是科学家，还是工程师，你只要好学上进，脚踏实地去努力，就一定能够实现自己的愿望。要知道，一个人一生能从事自己所爱好的、又对人类有用的职业，是非常幸福的事。不过，无论是现在还是将来，人的一生总会遇到不遂个人心意的安排，那么你该怎么办？当时，我是一方面服从安排，努力做好卫生兵的工作，另一方面没有放弃个人的目标与爱好，并为将来有机会实现个人目标创造条件。后来，我被任命为卫生兵班的班长，又踏上去阿里的山路。

阿里，平均海拔五千米以上，是地球上海拔最高的地区，面积有三十五万平方公里，相当于三个半江苏省那么大，而人口却只有三万人，是中国最地广人稀的地方。从北京这个文明繁华的都市，一下了来到中国最荒凉、最偏远、杳无人烟的地方生活，反差太大了。在这里放眼望去是无穷无尽的高山，千年不化的寒冰，然而却难以见到生命的痕迹。在这里生活是极其艰难的，一年四季，穿着一身无法更换的棉衣。在这里行军拉练，一天竟要走一百二十公里路。这在平原走起来，人都吃不消，而在高原缺氧的情况下，还要负重，扛着枪、卫生箱、饭锅、米袋、棉靴，这对一个女孩子兵来说，又是何等艰苦。在那种恶劣的环境下，又在超越了生命承受的极限时，我甚至有过死的念头。行军休息，一坐下去就再也不想起来了，可是那寒冷的地方，行军时可以穿单鞋，可休息时立即要换上棉靴，否则脚就会被冻坏。这里终年难以吃上一口青菜，更没有零食，仅有的脱水菜，一旦泡出来就成了烂泥，难以下咽。许多战友将年轻的生命永远地留在了那冰川雾岭之间。

我当卫生员，为了掌握医学知识，就要学人体解剖学。我们是在医生的带领下，抬着尸体爬到高山顶上，才有机会认识人的机体内各种器官、神经、血管的部位与特征，这是在战胜险恶、恐惧后，才获得了与积累的医疗经验。

在这片广袤无垠的高原上，十一年艰苦生活的锻炼，是无数人的奉献与牺牲，才使我们懂得做人的责任，领悟到真理与庄严、崇高与伟大、勇敢与坚强的内涵。人生可能有许多事情还难以选择和把握，但有一点，人是可以选择和把握的，那就是自己对人生的态度。只有积极的、向上的、友善的、努力的、乐观的、充满信心地去对待生活，人生才会有亮色，这也是我这段西部生活的价值。

女学生：

请给我们介绍一下您的第一部作品《昆仑殇》的创作过程，以及您的处女作是怎样出版的。

毕淑敏：

1980年，我从西藏阿里转业回北京。此前，我在部队的医学院校进行过系统的专业学习，成了一名医生，因此回京后，我被分在一家工厂的卫生所做内科主治医生，后来又当上了卫生所所长。回京也好，当医生、所长也好，我魂牵梦萦的仍然是西藏阿里的那段生活，它留在我生命中的痕迹太深刻了，我非常想把那里的故事告诉别人，我想把它写出来。

人做任何事情前，当然应冷静地想想自己的底儿怎样。我当医生很自信，我是个态度与医术都不错的医生。可是要写书了，心中没有了底。因为我没读过大学中文课，写作的底子又薄，于是我决定在从医的同时，自学电大中文系的课程。电视大学的教学方式很好，采取一种开放的、灵活的教授形式，我只用了一年半的时间就把要三年学完的课程全部读完了，而且成绩还很好。

那时，我一个学期主修了九门课，老师感到惊奇。因为脱产的学生一学期一般也就能学完五门课。由于我的学习态度好，不是为文凭，而是为了积累自己的本事，为了把那些刻骨铭心的阿里生活早些写出来告诉世人，所以在学习上不敢有丝毫懈怠，有些知识老师说不重要（对考试而言），我仍然认真对待它。

1986年，在我三十四岁时，我开始了小说《昆仑殇》的写作。我把这部小说的结构、语言、情节、故事、人物、对话等等小说必备的要素，都想得比较清楚，然后再把它组合起来。由于写的是我的生活真实经历与感受，所以写得很顺利、流畅，一气呵成。

小说写成后，面临一个大问题就是向哪家出版社投稿。我的朋友、亲戚都来帮我出主意。当时，大家有一种担心，怕和出版社没有关系，出版社不理睬我的稿件，大家纷纷帮我找关系。而我这时反而十分冷静，我决定什么后门也不找，我就是要拿着自己的稿件，请素昧平生的编辑部的人来鉴定我的作品。我写这部小说，是因为我热爱曾经有过的生活，热爱写作，没有任何功利思想，是受一颗圣洁的心灵的驱动。如果在我热爱的事业中，掺进我不喜欢的举动，这就是对我圣洁心灵的亵渎，我不能这样做。于是，我把稿子投寄到解放军文艺出版社的一份刊物——《昆仑》杂志，这是全军唯一的大型文艺刊物。

稿子寄出后，大概是第三天，我得到出版社的回信，上面写着："毕淑敏同志，来稿收到，当日读完，被本文庞大的气势和沉重的主题所震撼，请速来编辑部。"并要求我携同丈夫一起去编辑部面谈稿件修改事宜。这使我大惑不解，为什么这事还要丈夫保驾。后来，解放军文艺出版社的社长告诉我，他们当时看到这篇小说后，觉得写这篇作品的作者至少有十年以上的创作经验，他们不相信作者是一位初学写作的人；另外，文中写到的那种艰苦卓绝的军旅生活，不可能出自一位女作者之手，怀疑是我的丈夫替我写的。在编辑部交谈的过程中，讲到每个细节，我侃侃而谈，而我的先生在一旁则进入了半睡眠状态，他们相信了。这就是最初写作与出版的过程。

顺便提一句，从那时起至今，在十年写作的时间里，我写了不少小说与散文，大约两百万字。其间，我觉得自己的文学功底还须加厚，就又去考研，攻读了文学硕士学位。

女学生：

您的作品写了许多震撼人心的人物，他们在现实中是否都有生活原型？一个作家怎样才能写出对公众有益的好作品？

毕淑敏：

我的作品如果是散文，基本都是真实的，因为散文往往是人的真情的表达，它以真实为前提，真实是散文的一种品格。而小说体裁，会有一些虚构的人物、场景、情节、故事，等。无论是散文还是小说，都是心灵深处有感而发的。从这个意义上讲，作者在散文、小说中表达出来的情感都是真实的。

谈到如何把作品写好，我赞同一位老作家的意见，作家应该把对于人的关怀和热情、悲悯化为冷静的处理，作家不是牢骚满腹、呻吟颤抖、刺头反骨、躁狂的“伟人”。我借用这话来说明作家的社会责任，或者讲作者写作应有的态度，没有这种责任和态度是难以写好作品的。

记得有这样一句话，“世界上并不缺少美，而是缺少发现”。这话听起来好像很抽象，其实在生活中，我们对周围发生的事，虽有多种多样的看法，重要的是能发现一些新见解、新认识。作为作者或作家，一定要在自己的文章中表达和凸显自己独特的认识。一个作品最忌讳没有新意，只是重复别人的陈词。

比如，人对死亡的恐惧是一种普遍心理，我作为一名医生，行医二十多年，看到人在生命的晚期，那种苍凉、恐惧的表现，对活着的人和即将离去的人心理压力都是极大的，因此，我写了《预约死亡》这篇小说。我把死亡看成人成长的最后阶段，死亡不是不可思议的，而是很正常的生命现象。对于死亡，人们应有一种冷静、镇静的态度，从而尊严地度过一生，尊严地走过人生的最后阶段。这是我的见解，这是我作为作家要用笔传达的对死亡的关怀，对人健康心理的关注。

女学生：

假如您的作品没有被出版社选中，假如您的文章没有被读者认同，您会如何对待？

毕淑敏：

这个问题我已经被人问过很多次，我觉得要试着去干一件事，总会有两种可能，一种是完全没有经验，就试着干，叫摸着石头过河，一次不成功，我再做，两次不成功，我还做，一直干下去。我好像不是这种类型的人，我喜欢在我已知的情况下，或者说是做好所有的准备工作的前提下，才开始去干。就像跳高一样，有的人跳一米的高度，多次都跳不过去，也许在跳过二十次后，才跳过去。而我首先在跳高前先揣摩优秀跳高运动员的跳跃姿势，然后我去模仿，再试着做一下助跑，领会要领之后，然后我再去跳。第一次跳，我起码要有50%的把握，如果完全没有把握的事，我不会去做。

我学习写作时已三十四岁了，如果再年轻一些，可以更激进些，初生牛犊不怕虎嘛。由于年龄所限，我就要做更完善、全面的准备，因此写作前我读电大，写作中又读文学硕士学位，这都是在做起跳的准备。

有人还问过我，如果当时你一投不中、二投不中、三投不中，你会怎么办？我估计三投不中，我就不干了，因为我已尽了所有的努力。比如一投不中，我会想是不是编辑眼光不行，我可能要找其他编辑部；如果大家都看不中，说明我不是写作的材料，我会急流勇退的。

一次，一位外国学者问我，你是否想过要获得诺贝尔奖。我直接了当地告诉他，“没有想过”。这位学者很奇怪，他说：“人不想获大奖，你如何去努力呢？”我的回答是：“这好比我们这些人，谁都不可能打破刘易斯、约翰逊的百米世界纪录，但这并不影响我们每个人竭尽全力去跑出百米的最好成绩。”因为我们每个人都珍惜生命，珍惜上天给我们的这份经历，珍爱自己的爱好，全力以赴努力达到我们可能达到的最好成绩，这就是人的生命意义之所在。而不一定要以外在的某种框架和他人的评价，作为自己是否成功的标准。我们不仅注重收获，而且更注重耕耘。

心是一只美丽的小箱子

小时候上学，很惊奇以“心”为偏旁的字怎么那么多？比如：念、想、意、忘、慈、感、愁、思、恶、慰、慧……哈！一个庞大的家族。

除了这些安然地卧在底下的“心”以外，还有更多迫不及待站着的“心”。这就是那些带“竖心”旁的字，比如：忆、怀、快、怕、怪、恼、恨、惭、悄、惯、惜……原谅我就此打住，因为再举下去，实在有卖弄学问和抄字典的嫌疑。

从这些例证，可以想见当年老祖宗造字的时候，是多么重视“心”的作用，横着用了一番还嫌不过瘾，又把它立起来，再用一遭。

其实，从医学解剖的观点来看，心虽然极其重要，但它的主要工作，是负责把血液输送到人的全身，好像一台水泵，干的是机械方面的活，并不主管思维。汉字里把那么多情绪和智慧的感受，都堆到它身上，有点张冠李戴。

真正统率我们思想的，是大脑。

人脑是一个很奇妙的器官。比如学者用“脑海”来描述它，就很有意思。一个脑壳才有多大？假若把它比成一个陶罐，至多装上三四个大“可乐”瓶子的水，也就满满当当了。如果是儿童，容量更有限，没准儿刚倒光几个易拉罐，就沿着罐口溢出水来了。可是，不管是成人还是小孩的大脑，人们都把它形容成一个“海”，一个能容纳百川波涛汹涌的大海。这是为什么？

大脑是我们情感和智慧的大本营，它主宰着我们的思维和决策。它能记住许多东西，也能忘了许多东西。记住什么忘却什么，并不完全听从意志的指挥。比方明天老师要检查背诵默写一篇课文，你反复念了好多遍，就是记不住。就算好不容易记住了，到了课堂上一紧张，得，又忘得差不多了。你就是急得面红耳赤抓耳挠腮，也毫无办法。若是几个月后再问你，那更是云山雾罩一塌糊涂。可有些当时只是无意间看到听到的事情，比如路旁老奶奶一句夸奖的话，秋天庭院里一片飘落的叶子，当时的印象很清淡，却不知被谁施了魔法，能像刀刻斧劈一般，永远留在我们记忆的年轮上。

我不知道科学家最近研究出了哪些关于记忆和遗忘的规则，反正以前是个谜。依我的大胆猜测，谜底其实也不太复杂。主管记住什么、忘记什么的中枢，听从的是情感的指令。我们天生愿意保存那些美好、善良、友谊、勇敢的事件，不爱记着那些丑恶、虚伪、背叛、怯懦的片段。当然，这并不是说人应该篡改真相，文过饰非虚情假意瞎编一气，只是想说明我们的心，好像一只美丽的小箱子，容量有限。当它储存物品的时候，经过了严格的挑选，把那些引起我们忧愁和苦闷的往事，甩在了外面，保留的是亲情和友情。

我衷心希望每个人的小箱子里，都装满光明和友爱。

慈悲

“慈”在字典上的意思是“和善”。当我们轻轻地念出“慈”的时候，心中会涌起感动。会想起慈母手中长长的丝线，会想到父亲远去的背影。我们还会想到慈眉善目，想到慈祥和慈悲……

悲是人的七情之一，指痛彻心肺的哀伤，也包含着怜悯和凄凉，比如，悲歌悲剧悲欢离合……

当慈和悲这两个字连在一起的时候，就发生了奇妙的变化。你会发现它们都以一颗心做底。古人造字是很讲究的，他们在这两个字中注入了自己的体验，也期待着所有喜欢这两个字的人，都会共鸣和震撼。

如果一个人把自己的财富拿出来帮助别人，就等于伸出了自己结实的臂膀，因为劳动者的每一分钱都是他用双手换来的。如果一个人把自己的时间拿出来帮助别人，就等于馈赠出了自己生命的一部分。因为生命是由时间组成的。如果一个人把自己的血液和骨髓捐献出来帮助别人，那么这个人的一生就超越了自我，被放大成人类最美丽的故事，成为一种充满勇敢和友爱的慈悲。

让我们携起手来，用我们的劳动，用我们的时间，用我们的血脉和生命，化作春风，让人间温暖。

鱼在波涛下微笑

心在水中。水是什么呢？水就是关系。关系是什么呢？关系就是我们和万物之间密不可分的羁绊。它们如丝如缕百转千回，环绕着我们，滋润着我们，营养着我们，推动着我们；同时，也制约着我们，捆绑着我们，束缚着我们，缠绕着我们。水太少了，心灵就会成为酷日下的撒哈拉。水太多了，堤坝溃塌，如同2005年夏的新奥尔良，心也会淹得两眼翻白。

人生所有的问题，都是关系的问题。在所有的关系之中，你和你自己的关系最为重要。它是关系的总脐带。如果你处理不好和自我的关系，你的一生就不得安宁和幸福。你可以成功，但没有快乐。你可以有家庭，但缺乏温暖。你可以有孩子，但他难以交流。你可以姹紫嫣红宾朋满座，但却不曾有高山流水患难之交。

你会大声地埋怨这个世界，殊不知症结就在你自己身上。

你爱自己吗？如果你不爱自己，你怎么有能力去爱他人？爱自己是最简单也是最复杂的事情。它不需要任何成本，却需要一颗无畏的灵魂。我们每个人都是不完满的，爱一个不完满的自己是勇敢者的行为。

处理好了和自己的关系，你才有精力和智慧去研究你的人际关系，去和大自然和谐相处。如果你被自己搞得焦头烂额，就像一个五内俱空的病人，哪里还有多余的热血去濡养他人!

在水中自由地遨游，闲暇的时候挣脱一切羁绊，到岸上享受晨风拂面，然后，一个华丽的俯冲，重新潜入关系之水，做一条鱼在波涛下微笑。

嘘，梦不可说

别说梦。

梦不可说。梦是一团混沌，清醒时的事尚且说不清，昏蒙中的意象岂不更是虚妄。梦是不可描绘的。勉强点染出来，也必不可信。就算浮出脑海的时候，梦还是完整的，醒来时就丢了一半。说出来时，又丢了一半。断了线的地方，犹如豁了牙的嘴，摆在那里漏风，终不美观。于是主人就有意无意地将它修补起来，看起来倒是白闪闪地连贯了，但使人连那真的部分也不相信了。

梦是真的，说了就成了假的。只能留给一个人安静地反刍。它不是一个故事，无须像油炸蝎子似的全须全尾。梦不是给人表演的时装，无须矫饰无须猫步无须赶潮流。梦不是音乐，无须优美无须激荡也用不着震撼。梦是不需要负责任的，因此可宣泄可谵狂可随心所欲可放荡不羁，只要不梦游就行。

那么，梦就真的无法表达了吗？人人都有的一段经历，竟成了盲区。无法交流无法记载来无影去无踪，袅袅如风吗？

我们看不见风，我们可以从草叶和花瓣的滚动上，看到风的边缘。我们就这样来找寻梦吧。

梦是一种心境，一种气氛。做完了那个梦，我们醒来时的那一份思绪，便是那梦的几乎全部了。倘是欣喜，不必问梦是什么，快快乐乐地欣喜下去，一天都温馨。这从天上掉下来的礼物，不要问是谁的赠予，尽可能长久地保存就是了。倘是恐惧，赶紧用冷水洗个脸，舒舒服服地另换一个梦做吧。把自己从噩梦里拔出来，犹如把一个萝卜甩掉湿泥，晾在太阳下面。世上确有许多结有恶果的事情，但它们没有一件是因了害怕而可稍微减轻。梦是一件没有结果的事情，更无须怕它。假如遇见了远去的亲人，无论他是在迢迢远方还是已然仙逝，都该相庆。梦是一张黑白相片，会唤起我们悠远的记忆。许多淡忘了的人，栩栩如生地走到我们的面前，笑着同我们打招呼。梦好像给了我们一双特殊的眼睛，白天看不到的东西，晚上却那样清晰。感谢梦把我们同纷乱的尘世隔绝，进入一个纯属个人的世界。为了这一份唯一不会有人插足的恬静，纵是在梦中哭醒，也该擦擦眼泪，然后安然。

我们在清醒时几乎什么都可以说了。饮食可说，男女可说，国家大事可说，鸡毛蒜皮可说。语言的原子弹在各个领域爆炸，人类情绪已被剥离得体无完肤。我们越来越理智，越来越渊博，越来越聪颖，越来越果决……言语的锋芒锐不可当，然而梦像一堵坚壁挡住了它。

你无法形容梦。你不知道它从哪里来，你不知道它要到哪里去。人类可以在弹指间制造一条试管生命，人类穷毕生之力却无法酿造一个随心所欲的酣梦。

祝愿你做个好梦——这声音已响彻了万千年。当第一个猿人在树叶间被噩梦惊醒后，他就面对上苍发出虔诚的祈祷。人类一次次梦幻成真，唯有梦幻本身无法复现。人类能记录下火星上的沟壑，却无法记录梦的曲折。人类可以破译生命的密码，却无法解释梦的征兆。人类可以把地球上所有的生物分类，却不知自己的梦境是一种什么物质。人类已经向宇宙进军，却连朝夕相伴的梦都模棱两可。

梦是人类最后一块神秘的处女地，是上苍递给我们灵魂的幕布。它是远古的祖先一代代积淀下的精神的富矿，它是未来交予我们的无法读懂的复印件。我们的精神在梦境中活泼泼地像蝌蚪一样游弋，把过去与虚幻粗针大线地缝缀在一起，镶嵌成神奇的图案。

常常听到人说梦。能说的都不是梦。有的人说的是愿望，由于没有勇气，他把它伪装成梦，梦因此成为功利。有的人说的是谎言，由于没有能力，他把它修饰成梦，先骗自己再骗别人。有的人说的是忏悔，于此想减轻灵魂的罪恶，他其实徒劳。有的人天天说梦，他肯定是一个贫穷到连像样的梦都没有的人。

人们在梦上附加了那么多的锁链，梦就蜷曲着，好像很恭顺的样子。

但是，只要睡眠的马车一到，梦的灰姑娘就跳上去，穿着水晶鞋，跳起疯狂的舞蹈。醒来时，我们只看到一条条冰雪的痕迹。

并非日有所思，夜就有所梦。并非黑夜是白天的继续。我们常常在梦里变成自己也不认识的人，一定是梦走错了地方。

真感谢梦。我们在梦里多么美丽，我们在梦里永远年轻。

嘘！别说梦。梦不喜欢被说。它是属于你一个人的，说出来就成了公众的财产。在你说的过程中，它就悄悄地飞走了，只给你留下一片梦蜕。

梦最透明的翅膀是自由。

谁毁灭谁

我很爱看小孩子玩电子游戏，看他们沉浸在想象与参与的快乐中，星眼圆睁，十指联动，小小的身体在椅子上左右腾挪，俨然一场恢宏战役的领袖。

我的侄子才十二岁，已在市里的计算机比赛中多次获奖。他很乐意在电子游戏方面做我的启蒙老师，讲解起有关知识，态度和蔼，诲人不倦。

有一天我看到他玩游戏时，屏幕上不时红光灿烂，花瓣状的绯红，像原子弹的蘑菇烟云，弥漫整个视野……不由得赞叹道：好漂亮的玫瑰花啊!

啥？玫瑰花？

小侄子不屑地对我撇嘴，悲悯我的少见多怪。

那不是花，是喷溅出来的人血。是我用电锯锯出来的，好过瘾，好开心啊……恰逢屏幕上血光冲天，小侄子乐得手舞足蹈起来。

我心一沉，随手拖来一把椅子，坐在侄子身边，看他如醉如痴地玩这款名为“毁灭战士”的游戏。

那游戏的内涵并不复杂，只是无穷无尽的巷道，不时从隐蔽处窜出面目朦胧的“敌人”，你只须利用手中的武器，将对方消灭即可。武器有许多种，比如冲锋枪、激光炮、炸药包，等等。依我的粗浅观察，威力都比电锯要强大，尤其适合远距离作战。但小侄子对传统的锯子情有独钟，当游戏刚开始，尚未找到电锯装备自己时，急得抓耳挠腮，犹如没有寻着金箍棒的孙猴头。一旦电锯到手，便高举此宝，所向披靡地冲杀过去，遗下一路血泊。

我不解，问：那么多的厉害兵器，你为什么废弃百家，独尊电锯？

战斗正值酣处，小侄子来不及细答，激动地抛给我几个字：电锯痛快！

我穷追不舍，缠着要他详作说明。小侄子叹了一口气说：你这个婶婶啊，怎么这么笨！用激光炮射死一个人和用电锯把人卸成八块，那痛快劲儿能一样吗？

我大骇，逼他把事情讲得更明白些。小侄只好忍痛割爱，暂停游戏，调出几幅图像，与我现身说法。

喏，婶婶，你看这是用激光杀人，手指头这么一按，轰地一声，敌人就化成一团烟，什么都没有了。虽说你能继续向前，可是多没意思啊！

用电锯那就大不一样了。它咔咔一响，风一样地锯过去，你就觉得自己特威风，特带劲，特有成就感，过瘾极了……小侄子连说带比画，调出一帧图像：一排肉铺挂猪头的钢钩上，颤巍巍悬挂着些支离破碎的物件。

这是什么？我老眼昏花，一时看不清楚，问道。

这就是用电锯锯开的人啊！喏，这是一条大腿，这边是半截胳膊，最右侧挂的是人肚子下的半截……小侄子沉着地以光标为笔，在银屏上流利地滑动着，耐心地为我讲解。

我用手术刀解剖过许多真正的尸体，但这一瞬，我在模拟的并不非常真切的图像面前，战栗不止。

你用电锯把它们杀死，可它们究竟是谁！我问小侄子。

它们到底是谁，那要看我玩游戏时的心情了。侄子到底是小孩，并未发现我的恐惧与震怒，依旧兴趣盎然地说下去：要是哪天老师批评了我，我用电锯杀人时想的就是老师。要是同学跟我吵架，我想杀的就是同学。要是我想买一个东西，我妈不给我买，我就假装对方是我妈。要是我爸因为我考试成绩不好，不给我卷子上签字，我就把电锯对准他……婶婶，你怎么啦？脸色为什么这么难看？侄子不知所措地停止了传授。

责任不在他。我竭力控制住情绪，力求音色平稳地说：就因为这么丁点小事，你就起了用电锯杀人的心吗？

小侄子愣了一下，突然笑起来说，这个游戏就叫“毁灭战士”，它的规矩就是看到什么就毁灭什么，毁灭就是一切，不需要什么理由啊！

面对着这样的逻辑，喉咙有一种被黑手扼住的窒息感觉。小侄子是个乖巧的孩子，见我神色大变，半天不说话，就关了计算机，哄我道：

婶婶不愿听我说杀老师杀爸爸妈妈的话，下次我用电锯时，不想着他们就是了。再杀的时候，我就把它当成一个外星人好啦!

呜呼!

面对小侄子那清澈如水晶的双眸，我真的悲哀已极。外星人与我们何仇？当另一时空的高级智慧生物，冲破千难万险，到达我们这颗蔚蓝色的星球时，迎接它们的将是地球人自己灌输的无比敌意，这是科学的悲哀还是人性的悲哀？当人类用最先进的科技将自己最优秀的儿女送往太空的时候，可曾设想到在宇宙的彼岸，等待他们的将是鲜血淋漓的杀戮?

当然，游戏毕竟不是真实。但游戏是儿童精神的食粮和体操，它潜移默化循序渐进的力量，绝不可忽视。将残暴的杀人裂尸化为电子屏幕下淡然的一笑，让孩子在游戏的过程中轻而易举地完成毁灭世界的欲望，播种无缘无故的仇恨，收获残忍与猎杀他人的快乐……这在幼童，是被迫的无知和愚昧；在成人，是主动的野蛮和罪孽!

我对小侄子说，把这盘“毁灭战士”给婶婶，好吗?

他吃惊道：婶婶要它做什么？莫非也要做一把“毁灭战士”？

我说，我要把“毁灭战士”毁灭掉。

小侄子道，为什么?

我说，因为“毁灭战士”里，没有对这个世界的爱。

你的支持系统

那天我回到家中，面对着先生拿出一张白纸。然后我对他说，在纸的上面，请写下“我的支持系统”这几个字。在纸的左面，请写下“人物的称谓或姓名”，在纸的右面，请写下“与我的关系”。好了，开始吧，尽快。不假思索。你要知道，所有的心理测验都烦再三斟酌。

他笑眯眯地看着我说，你今天又学习到了什么新知识，想在我这里做个试验？

我说，你猜得很准嘛。好吧，听我慢慢说个分明。

我们每个人都有一个支持系统，就像一个好汉三个帮、一个篱笆三个桩。比如说，柱子是宫殿的支持系统，双脚是身体的支持系统，绿叶是花朵的支持系统，桥墩是高架桥的支持系统……

一个人，在世界上行走，没有好的支持系统是不能持久的。它是我们闯荡江湖的根据地，它是我们长途跋涉的兵站。当我们疲倦的时候，可以在那里的草丛栖息。当我们忧郁的时候，可以在那里的小屋倾诉。当我们受到委屈的时候，可以在那里的谅解中洒下一串泪珠。当我们快乐的时候，可以在那里的相知中聊发少年之狂……

这种精神的疗养生息之地，你有多少储备?

先生是个缜密的人，他说，既然你已做完了这道测验，不妨把你的讲来听听。

我说，好啊。我告诉你。

我最先写下了我的母亲……

于是忆起那天的课堂。

静寂。这是心理测验常常出现的情形。人们在想。片刻之后，有人就刷刷地动起笔来。这种事情，一旦有人开了头，谁都顾不了谁了。同学们埋头去写，然后分成小组，描述自己的支持系统。基本上包括这样几类——家人、亲属、同学、师长……

有同学说：我飞快地检视了自己业已走过的人生，我为自己多年来储备下的丰厚资源而欣慰和思考。我对自己的今后更有把握和信心了。我的支持系统，从我幼年的朋友到最新的职业同事，他们涵盖了我的历程。好似风暴过后海滩上遗下的贝壳，那是经历了考验的生命的礼品。

有一位同学的支持系统是一片空白。他坦诚地说，我的支持系统就是没有一个人。我是自己支持自己，是思想支持着我。也许，这是因为“文革”中有人告密，使我不需要知心的人。

不管怎么说，我钦佩这位同学的坦率。很有些人在这种时候，不敢暴露自己，明明没有，但他随便填上几个名字，把自己凄凉的真实隐藏起来。但是，你要想一想，为什么自己的支持系统是空白呢？再有，如果有的同学全部填写的是家庭成员，那也是不够完备的。如果一个中学生，他的支持系统也都是同龄人，那么，很容易出现瞎子领瞎子的情况，要引起辅导员的高度注意。支持系统的性别单一化，也是不理想的。理想的支持系统应该是两性都有。

谁是你的重要他人

“重要他人”是一个心理学名词，意思是在一个人心理和人格形成的过程中，起过巨大影响甚至是决定性作用的人物。

“重要他人”可能是我们的父母长辈，或者是兄弟姐妹，也可能是我们的老师，抑或萍水相逢的路人。童年的记忆遵循着非常玄妙神秘的规律，你着意要记住的事情和人物，很可能湮没在岁月的灰烬中，但某些特定的人和事，却挥之不去，影响我们的一生。如果你不把它们寻找出来，并加以重新认识和把握，它就可能像一道符咒，在下意识的海洋中潜伏着，影响潮流和季风的走向。你的某些性格和反应模式，由于“重要他人”的影响，而被打上了深深的烙印。

这段话有点拗口，还是讲个故事吧。故事的主人公是我和我的“重要他人”。

她是我的音乐老师，那时很年轻，梳着长长的大辫子，有两个漏斗一样深的酒窝，笑起来十分清丽。当然，她生气的时候酒窝隐没，脸绷得像一块苏打饼干，木板样干燥，很是严厉。那时我大约十一岁，个子长得很高，是大队委员，也算个孩子里的小官，有很强的自尊心和虚荣心了。

学校组织“红五月”歌咏比赛，要到中心小学参赛。校长很重视，希望歌咏队能拿好名次，为校争光。最被看好的是男女小合唱，音乐老师亲任指挥。每天下午集中合唱队的同学们刻苦练习。我很荣幸被选中，每天放学后，在同学们羡慕的眼光中，走到音乐教室，引吭高歌。

有一天练歌的时候，长辫子的音乐老师突然把指挥棒一丢，一个箭步从台上跳下来，东瞄西看。大家不知所以，齐刷刷闭了嘴。她不耐烦地说，都看着我干什么？唱！该唱什么唱什么，大声唱！说完，她侧着耳朵，走到队伍里，歪着脖子听我们唱歌。大家一看老师这么重视，唱得就格外起劲。

长辫子老师铁青着脸转了一圈儿，最后走到我面前，做了一个斩钉截铁的手势，整个队伍瞬间安静下来。她叉着腰，一字一顿地说，毕淑敏，我在指挥台上总听到一个人跑调儿，不知是谁。我走下来一个人一个人地听，总算找出来了，原来就是你！一颗老鼠屎坏了一锅汤！现在，我把你除名了！

我木木地站在那里，无法接受这突如其来的打击。刚才老师在我身旁停留得格外久，我还以为她欣赏我的歌喉，唱得分外起劲，不想却被抓了个“现行”。我灰溜溜地挪出了队伍，羞愧难当地走出教室。

那时的我，基本上还算是一个没心没肺的女生，既然被罚下场，就自认倒霉吧。我一个人跑到操场，找了个篮球练起来，给自己宽心道，嘿，不要我唱歌就算了，反正我以后也不打算当女高音歌唱家。还不如练练球，出一身臭汗，自己闹个筋骨舒坦呢！（嘿！小小年纪，已经学会了中国小老百姓传统的精神胜利法）这样想着，幼稚而好胜的心也就渐渐平和下来。

三天后，我正在操场上练球，小合唱队的一个女生气喘吁吁地跑来说，毕淑敏，原来你在这里！音乐老师到处找你呢！

我奇怪地说，找我干什么？

那女生说，好像要让你重新回队里练歌呢！

我挺纳闷，不是说我走调厉害，不要我了吗？怎么老师又改变主意了？对了，一定是老师思来想去，觉得毕淑敏还可用。从操场到音乐教室那几分钟路程，我内心充满了幸福和憧憬，好像一个被发配的清官又被皇帝从边关召回来委以重任，要高呼“老师圣明”了（正是瞎翻小说，胡乱联想的年纪）。走到音乐教室，我看到的是挂着冰霜的“苏打饼干”。长辫子老师不耐烦地说，毕淑敏，你小小年纪，怎么就长了这么高的个子？！

我听出话中的谴责之意，不由自主就弓了脖子塌了腰。从此，这个姿势贯穿了我的整个少年和青年时代，总是略显驼背。

老师的怒气显然还没发泄完，她说，你个子这么高，唱歌的时候得站在队列中间，你跑调儿走了，我还得让另外一个男生也下去，声部才平衡。人家招谁惹谁了？全叫你连累的，上不了场！

我深深低下了头，本来以为只是自己的事，此刻才知道还把一个无辜者拉下水，实在无地自容。长辫子老师继续数落，小合唱本来就没有几个人，队伍一下子短了半截，这还怎么唱？现找这么高个子的女生，合上大家的节奏，哪儿那么容易？现在，只剩下最后一个法子了……

老师看着我，我也抬起头，重燃希望。我猜到了老师下一步的策略，即便她再不愿意，也会收我归队。我当即下决心要把跑了的调儿扳回来，做一个合格的小合唱队员！

我眼巴巴地看着长辫子老师，队员们也围了过来。在一起练了很长时间的歌，彼此都有了感情。我这个大嗓门儿走了，那个男生也走了，音色轻弱了不少，大家也都欢迎我们归来。

长辫子老师站起来，脸绷得好似新纳好的鞋底。她说，毕淑敏，你听好，你人可以回到队伍里，但要记住，从现在开始，你只能干张嘴，绝不可以发出任何声音！说完，她还害怕我领会不到位，伸出颀长的食指，笔直地挡在我的嘴唇间。

我好半天才明白了长辫子老师的禁令——让我做一个只张嘴不出声的木头人。泪水憋在眼眶里打转，却不敢流出来。我没有勇气对长辫子老师说，如果做傀儡，我就退出小合唱队。在无言的委屈中，我默默地站到了队伍中，从此随着器乐的节奏，口形翕动，却不得发出任何声音。长辫子老师还是不放心，只要一听到不和谐音，锥子般的目光第一个就刺到我身上……

小合唱在“红五月”歌咏比赛中拿了很好的名次，只是我从此遗下再不能唱歌的毛病。毕业的时候，音乐考试是每个学生唱一支歌，但我根本发不出自己的声音。音乐老师已经换人，并不知道这段往事。她很奇怪，说，毕淑敏，我听你讲话，嗓子一点毛病也没有，怎么就不能唱歌呢？如果你坚持不唱歌，你这一门没有分数，你不能毕业。

我含着泪说，我知道。老师，不是我不想唱，是我真的唱不出来。老师看我着急成那样，料我不是成心捣乱，只得特地出了一张有关乐理的卷子给我，我全答对了，才算有了这门课的分数。

后来，我报考北京外语学院附中，口试的时候，又有一条考唱歌。我非常决绝地对主考官说，我不会唱歌。那位学究气的老先生很奇怪，问，你连《学习雷锋好榜样》也不会？那时候，全中国的人都会唱这首歌，我要是连这也不会，简直就是白痴。但我依然很肯定地对他说，我不唱。主考官说，我看你胳膊上戴着三道杠，是个学生干部。你怎么能不会唱？当时我心里想，我豁出去不考这所学校了，说什么也不唱。我说，我可以把这首歌词默写出来，如果一定要测验我，就请把纸笔找来。那老人居然真的去找纸笔了……我抱定了被淘汰出局的决心，拖延时间不肯唱歌，和那群严谨的考官们周旋争执，弄得他们束手无策。没想到发榜时，他们还是录取了我。也许是我一通胡搅蛮缠，使考官们觉得这孩子没准儿以后是个谈判的人才吧。入学之后，我迫不及待地问同学们，你们都唱歌了吗？大家都说，唱了啊，这有什么难的。我可能是那一年北外附中录取的新生中唯一没有唱歌的孩子。

在那以后几十年的岁月中，长辫子老师那竖起的食指，如同一道符咒，锁住了我的咽喉。禁令铺张蔓延，到了凡是需要用嗓子的时候，我就忐忑不安，逃避退缩。我不单再也没有唱过歌，就连当众发言演讲和出席会议做必要的发言，都会在内心深处引发剧烈的恐慌。我能躲则躲，找出种种理由推脱搪塞。会场上，眼看要轮到自己发言了，我会找借口上洗手间溜出去，招致怎样的后果和眼光，也完全顾不上了。有人以为这是我的倨傲和轻慢，甚至是失礼，只有我自己才知道，是内心深处不可言喻的恐惧和哀痛在作祟。

直到有一天，我在做“谁是你的重要他人？”这个游戏时，写下了一系列对我有重要影响的人物之后，脑海中不由自主地浮现出长辫子音乐老师那有着美丽的酒窝却像铁板一样森严的面颊，一阵战栗滚过心头。于是我知道了，她是我的“重要他人”。虽然我已忘却了她的名字，虽然今天的我以一个成人的智力，已能明白她当时的用意和苦衷，但我无法抹去她在一个少年心中留下的惨痛记忆。烙红的伤痕直到数十年后依然冒着焦煳的青烟。

弗洛伊德精神分析学派认为，即使在那些被精心照料的儿童那里，也会留下心灵的创伤。因为儿童智力发展的规律，当他们幼小的时候，不能够完全明辨所有的事情，以为那都是自己的错。

孩子的成长，首先是从父母的瞳孔中确认自己的存在。他们稚弱，还没有独立认识世界的能力。如同发育时期的钙和鱼肝油会进入骨骼一样，“重要他人”的影子也会进入儿童的心理年轮。“重要他人”说过的话，做过的事，他们的喜怒哀乐和行为方式，会以一种近乎魔法的力量，种植在我们心灵最隐秘的地方，生根发芽。

在我们身上，一定会有“重要他人”的影子。

美国有一位著名的电视主持人，叫做奥普拉·温弗瑞。2003年，她登上了《福布斯》身家超过十亿美元的“富豪排行榜”，成为黑人女性获得巨大成功的代表。

父母没有结婚就生下了她，从小住的房子连水管都没有。一天，温弗瑞正躲在屋角读书，母亲从外面走进来，一把夺下她手中的书，破口大骂道，你这个没用的书呆子，把你的屁股挪到外面去！你真的以为你有什么了不起？你这个白痴！

温弗瑞九岁就被表兄强奸，十四岁怀了身孕，孩子出生后就死了。温弗瑞自暴自弃，开始吸毒，然后又暴饮暴食，吃成了一个大胖子，还曾试图自杀。那时，没有人对她抱有希望，包括她自己。就在这时，她的生父对她说：

有些人让事情发生，

有些人看着事情发生，

有些人连发生了什么都不知道。

极度空虚的温弗瑞开始挣扎奋起，她想知道自己的生命中究竟会有些什么样的事情发生。她要顽强地去做“让事情发生的人”。大学毕业之后，她获得了一个电视台主持人的位置。1984

年，她开始主持《芝加哥早晨》的节目，大获成功，在很短的时间里成为全美收视率最高的节目。她开始发动全国范围内的读书节目，她对书的狂热热爱和她的影响力，改变了很多书的命运。只要她在自己的脱口秀节目里对哪本书给予好评，那本书的销量就会节节攀升。

温弗瑞成立了自己的公司，创办了畅销杂志，还参股网络公司。她乐善好施的名声和她的节目一样响亮。她每年把自己收入的百分之十用来做慈善捐助。温弗瑞亲手推动了太多的事情发生！她认为，这主要来源于父亲的那一句话。

如果让温弗瑞写下她的“重要他人”，她的父亲一定高居榜首。他不但给予了温弗瑞生命，而且给予了她灵魂。温弗瑞的母亲也算一个。她以精神暴力践踏了幼小的温弗瑞对书籍的热爱，潜藏的愤怒在蛰伏多年之后变成了不竭的动力，使成年以后的温弗瑞，以极大的热情投入到和书籍有关的创造性劳动中，不但自己读了大量的书，还不遗余力地把好书推荐给更多的人。那个侮辱侵犯了温弗瑞的表哥，也要算作她的“重要他人”，这直接导致了她的巨大痛苦和放任自流，也在很多年后，主导了她执掌财富之后，把大量款项用于慈善事业，特别是援助儿童和黑人少女。

看，“重要他人”就是如此影响人的生活和命运的。

美国通用电气公司的CEO杰克·韦尔奇，被誉为全球第一CEO。在短短二十年里，韦尔奇使通用电气的市值增加了三十多倍，达到了四千五百亿美元，排名从世界第十位升到了第二位。韦尔奇说，母亲给他的最伟大的礼物就是自信心。韦尔奇从小就口吃，就是平常所说的“结巴”。在大学读书的时候，每逢星期五，天主教徒是不准吃肉的，所以在学校的餐厅里，韦尔奇经常会点一份烤面包夹金枪鱼。奇怪的是，女服务员端上来的都是两份。为什么呢？因为韦尔奇结巴，总是把这份食谱的第一个单词重复一遍，服务员就听成了“两份金枪鱼”。

面对这样一个吭吭哧哧的孩子，韦尔奇的母亲居然找出了完美的理由。她对幼小的韦尔奇说：“这是因为你太聪明了，没有任何一个人的舌头，可以跟得上你这样聪明的脑袋。”

韦尔奇记住了母亲的这种说法，从未对自己的口吃有过丝毫的忧虑。他充分相信母亲的话，他的大脑比他的舌头转得更快。母亲引导着韦尔奇不断进取，直到他抵达辉煌的顶峰。母亲是韦尔奇的“重要他人”。

再讲一个苹果的故事。正确地说，是两个苹果的故事。

一位妈妈有两个孩子，她拿出两个苹果。苹果一个大一个小，妈妈让两个孩子自己来挑。大儿子很想要那个大苹果，正想着怎么说才能得到这个苹果，弟弟先开了口，说，我想要大苹果。妈妈呵斥道，你想要大的苹果，你不能说。这个大儿子灵机一动，改口说，我要这个小苹果，大苹果就给弟弟吧。妈妈说，这才是好孩子。于是，妈妈就把小苹果给了小儿子，大儿子反倒得到了又红又大的苹果。大儿子从妈妈这里得到了一条人生的经验：你心里的真心话不可以说，你要把真实掩藏起来。后来，这个人儿子就把从苹果中得到的道理应用于自己的生活，见人只说三分话，耍阴谋使诡计，巧取豪夺，直到有一天把自己送进了监狱。这个成了犯人的大儿子，如果写下自己的“重要他人”，我想他会写下妈妈和这个红苹果。

还有一位妈妈，有一篮苹果和一群孩子，也是人人都想得到大苹果。妈妈把苹果拿到手里，说，大苹果只有一个，你们兄弟这么多，给谁呢？我把门前的草坪划成三块，你们每人去修剪一块草坪。谁修剪得又快又好，谁就能得到这个大苹果。

众兄弟中的老大得到了红苹果。

他从中悟出的生活哲理是——享受要靠辛勤的劳动换取。

这个信念指导着他，直到他最后走进了白宫，成为著名的政治家。如果由他来写下自己的“重要他人”，妈妈和红苹果也会赫然在列。

看了以上的例子，你是不是对“重要他人”的重要性有了进一步的认识？也许有的人会说，我儿时的记忆早已模糊，可不记得什么他人不他人的了。我现在的所作所为，都是我自己决定的，和其他人没关系。

这个说法有一定的道理，在我们的意识中，很多决定的确是经过仔细思考才做出的。但人是感情动物，情绪常常主导着我们的决定。而情绪是怎样产生的呢？这也和我们与“重要他人”的关系密切相关。

有一位著名的心理学家，叫作艾利斯，他认为，人的非理性信念会直接影响一个人的情绪，使他遭受困扰，导致人的很多痛苦。比如，有的人绝对需要获得周围环境的认可，特别是获得每一位“重要他人”的喜爱和赞许，其实这是不可能实现的事。有人就是笃信这个观念，把它奉作真理，千辛万苦，甚至委屈自己来取悦“重要他人”，以后还会扩展到取悦更多的人，甚至所有的人，以得到其赞赏。结果呢，达不到目的不说，还令自己沮丧失望，受挫和被伤害。

传统脑神经学认为，每一种情绪都是经过大脑的分析才做出反应的，但近年来，美国的神经科学家却找到了情绪神经传输的栈道。通过精确的研究，科学家们发现，有部分原始信号是直接从人的丘脑运动中枢，引起逃避或是冲动的反应，其速度极快，大脑的分析根本来不及介入。大脑里，有一处记忆情绪经验的地方，叫作杏仁核，它将我们过去遇见事情时的情绪、反应记录下来，好像一个忠实的档案保管员。在以后的岁月中，只要一发生类似事件，杏仁核就会越过大脑的理性分析，直接做出反应。

真是“成也萧何，败也萧何”。杏仁核这支快速反应部队，既帮助我们在危急的时刻，成功地缩短应对时间，保全我们的利益，也会在某些时候形成固定的模式，贻误我们的大事。

杏仁核里储存的关于情绪应对的档案资料，不是一时一刻积存的。“重要他人”为什么会对我们产生那么重要的影响，我猜想，关于“重要他人”的记忆，是杏仁核档案馆里使用最频繁的卷宗。往事如同拍摄过的底片，储存在暗室，一有适当的药液浸泡，它们就清晰地显影，如同刚刚发生一般，历历在目，相应的对策不经大脑筛选就已经完成。

魔法可以被解除。那时你还小，你受了伤，那不是你的错。但你的伤口至今还在流血，你却要自己想法包扎。如果它还像下水道的出口一样嗖嗖地冒着污浊的气味，还对你的今天、明天继续发挥着强烈的影响，那是因为你仍在听之任之。童年的记忆无法改写，但对一个成年人来说，却可以循着“重要他人”这条缆绳，重新梳理我们和“重要他人”的关系，重新审视我们应对问题的规则和模式。如果它是合理的，就变成金色的风帆，成为理智的一部分。如果它是晦暗的荆棘，就用成年人有力的双手把它粉碎。这个过程不是一蹴而就的，有时自己完成力不从心，或是吃力和痛苦，还需要借助专业人士的帮助，比如求助于心理咨询师。

也许有人会说，“重要他人”对我的影响是正面的，正因为心中有了他们的身影和鞭策，我才取得了今天的成绩。这个游戏，并不是要把“重要他人”像拔萝卜一样连根揪出来，然后与之决裂。对我们有正面激励作用的“重要他人”，已经成为我们精神结构的一部分。他们的期望和教诲已化成了我们的血脉，我们永远不会丢弃对他们的信任和仁爱。但我们不是活在“重要他人”的目光中，而是活在自己的努力中。无论那些经验和历史多么宝贵，对于我们来说，已是如烟往事。我们是为了自己而活着，并为自己负起全责。

经过处理的惨痛往事，已丧失实际意义上的控制魔力。长辫子老师那句“你不要发出声音”的指令，对今天的我来说，早已没有了辖制之功。

就是在最饱含爱意的环境中长大的孩子，也会存有心理的创伤。

寻找我们的“重要他人”，就是抚平这创伤的温暖之手。

当我把这一切想清楚之后，好像有热风从脚底升起，我能清楚地感受到长久以来禁锢在我咽喉处的冰霜噼噼啪啪地裂开了，一个轻松畅快的我，从符咒下解放了出来。从那一天开始，我可以唱歌了，也可以面对众人讲话而不胆战心惊了。从那一天开始，我宽恕了我的长辫子老师，并把这段经历讲给其他老师听，希望他们面对孩子稚弱的心灵，懂得该是怎样地谨慎小心。童年时留下烙印的负面情感，难以简单地用时间的橡皮轻易地擦去。这就是心理治疗的必要性所在。和谐的人格不是从天上掉下来的，而是和深刻的内省有关。

告诉缺水的人哪里有水源，告诉寒冷的人哪里有篝火，告诉生病的人哪里有药草，告诉饥饿的人哪里有野果，这些都是天下最好的礼物。

如果让我选出自己最喜欢的游戏，我很可能要把票投给“谁是你的重要他人”。感谢这个游戏，它在某种程度上修改了我的人生。人的创造和毁灭都是由自己完成的，人永远是自己的主人。即使当他在最虚弱、最孤独的时候，他也是自己的主人。当他开始反省自己的状况，开始辛勤地寻找自己的生命所依据的法则时，他就变得渐渐平静而快乐了。

你不能要求没有风暴的海洋

痛苦和磨难，是人生不可分割的一部分。只有接受这一事实，我们才能超越它，更加看清生命的意义。

你说你不要这些苦难，那么生命也就失去了框架。很多自杀的人，就是因为没有理会这种意义，一厢情愿地认为生命是应该只有甘甜没有挫败的。特别是在恋爱早期，那种汹涌的荷尔蒙带来的欢愉，让人把激情当成了常态。生命的常态，其实就是平稳和深邃，还有暗流。在最深刻的层面，我们不单与别人是分离的，而且与世界也是分离的，兀自踯躅前行。

生命的每一步都带着人们向死亡之境跌落，不要存在幻想，这才让你比较持久稳定，安然地居住在孤独中，胸中如有千沟万壑、千军万马。只有接受这一事实，我们才能超越死亡，腾起在空中，看清生命的意义。

有一次，到沙漠中间的一个城市去，临行之前和当地的朋友联络。她不停地说，毕老师，你可要做好准备啊，我们这里经常是黄沙蔽日。不过，这几天天气很不错，只是不知道它能不能坚持到你到来的那一天。

我有点纳闷。虽然人们常常说，“您的到来带来了好天气”，或者说，“天气也在欢迎您呢”，谁都知道，这是典型的客套。个体的人是多么渺小啊，我们哪里能影响到天气!

不过这位朋友反复地提到天气，还是让我产生了好奇。我说，不管好天气还是坏天气，我们都不能挑选。天气是你们那里的一部分，就是黄沙蔽日，也是你们的特色啊。

说者无意，听者有心。后来，这位朋友对我说，她听了我的话，就放下心来。我很奇怪，因为自觉这番话里，并没有多少劝人安心的含义啊。她说，我们这里天气多变，经常有朋友一下飞机就抱怨，闹得主客都很尴尬。

我说，坏天气也是大自然的一部分，就像每个人的生命中都必定下雨，某些日子势必黑暗又荒凉。就像你不可能总是吃细粮，那样你就会得大肠癌。你一定要吃粗纤维。坏天气、悲剧、死亡、生病，都是生命中的粗纤维，我们只有安然接纳。

你不可能要求一个没有风暴的海洋。那不是海，是泥潭。

与寂寞共处

常常是心中很寂寞，说出口的却是词不达意的热闹。这个世界已经够喧哗的了，现在需要的只是静静面对内心。

需要别人确认，才觉得自己活着的人，必然会逃避寂寞。节省下来的时间，用来干什么？只好另外想办法来谋杀时间。

寂寞是一种悄然的存在，不要挑战它，也不要逃避，学着共处就是。

开会常常让我感到寂寞，喧嚣人群中的寂寞。不喜欢很多会议的场合，在那里听不到发自肺腑的声音，套话多。有些话像风一样地从耳边刮过，留不下任何印象。

也许是因为我年轻时在西藏当兵，营地在海拔五千米的高原之上，氧分压只有海平面的一半，对缺氧的感受十分敏感。会场里人一多，马上就感觉到缺氧，好像当年在雪原上跋涉的艰辛感觉又复活了，心中充满疲累。

这种时刻，我会不由自主地走出会场，到外面去呼吸新鲜空气。也不敢待的时间太久了，怕人家以为是对发言者、组织者的不敬。

我知道有些时候套话是一种必需，是一种人际关系和社会关系的润滑剂。这种润滑剂可不便宜，要用时间去购买，算得上是奢侈品了。

我是一个视时间为尊贵的人，实在不敢这样靡费，甘愿寂寞着。

宁静有一种特殊的力量

宁静有一种特殊的力量，就是不管外界怎样变化无常，都能让你的躯体自在平和。就像一艘在狂风巨浪中保持着稳定的船，你难道不惊异于它锚链的深度和船体的坚固吗？

我喜欢宁静的风景和宁静的人，这使我怡然。我的老师林教授曾经帮我分析过这种爱好的形成。她说，你是不是因为在西藏待得太久了，雪山和冰峰静止不动，久而久之，也就养成了你寂静的性格？

我承认她说得有道理。不过，我的幼儿园老师曾说过，我从小就是一个安静的孩子。

真的是这样吗？我不知道。我知道自己的心里常常翻涌着惊涛骇浪。我知道这是我必须经历的，并不害怕。但我不会很激烈地把它表达出来，我觉得有一些事情要出现，就让它出现好了。我不能阻止它们，但可以平静地面对它们。

我在西藏的高原上，看到过这个世界最为纯净的水。它们来自亿万年前的冰川。我常常站立在波涛翻卷的狮泉河边发呆，心想，水的力量和生命是多么伟大啊。它们历经沧桑，仍然珠圆玉润，没有一丝疲惫和倦怠。看不到些许的伤痕，更没有皱纹和白发，永远年轻地喧嚣着，如同新生的那一刹那。

我原来是很敬佩山的，但和水相比，山的自我修复能力要差很多，它们只能不由自主地风化下去，不可复原。山只能沿着一条没有回头的路，照直地走下去，大块的岩石崩塌，化为细碎的沙砾，然后继续颓弱，变做齑粉样的泥沙，再衰变为黄土……

人的心，还是像水吧。可以受伤，但永远有痊愈的力量。在大自然面前，人什么都无须保留，只须堂堂正正即可。

千头万绪是多少

千头万绪这个词，有一种沸沸扬扬的夸张和缠人喉咙的窒息感，让人心境沮丧，捉襟见肘，好像一个泥潭，不留神陷进去，会被它掩了口鼻，呛得眼睛翻白，甚或丢了性命，也说不得。

现代人很常用——或者简直就是爱好用这个词，来描绘自己的生存状况。常常听到人们说自己的处境——千头万绪，要干的工作——千头万绪，待处理的事物——千头万绪，须承担的责任——千头万绪……千头万绪几乎成了一条癞皮狗，死缠烂打地咬住每位现代人的脚后跟，斥之不去。

千头万绪是一个主观的判断，一个夸张的形容。难道对一个普通人来说，世上就真有一万件事，非得你御驾亲征不可？

当我们认定自己进入了千头万绪这一局面的时候，心先就慌了。披头散发，眉毛胡子一把抓，天空也随之阴霾。因为紧迫，就慌不择路。结果是线头越搅越多，原本可以解开的结，也成了死扣。

千头万绪有一种邪恶的威慑力，恐惧和慌乱是它的左膀右臂。一旦被这几个魔头统治了心神，我们在灾难的海市蜃楼面前，往往顿失镇定和勇气。

我认识一位女友，当她说到自己的近况时，脸色晦暗，手指颤抖，嘴唇也无目的地扭曲了，显出干涸辙印中小鱼的表情。

她的确是遇到了足够的麻烦。丈夫外遇十年，儿子正逢高考，模拟考试成绩很不理想。她接手奋战了一年的科研项目，已到了关键时刻，她的高血压又犯了，整天头晕。昨天上街由于精神恍惚，被小偷割裂了书包，偷走了上千元钱。她的邻居在装修房屋，每天电钻声吵得她耳鼓几乎爆炸……

有的时候，真想一死了之！千头万绪啊，我看不到一点光明！她这样说，狠狠捶着自己的太阳穴。

我说，我能体会到你心中的痛楚和无奈。你想改变这一切，但感到自己的绝望和孤独。我们先找到一张白纸，把你最感痛苦烦恼的事件写下来，然后我们看看，有什么办法可以逐个解决它们。

洁白的纸，铺在桌面，如同一片无瑕的雪地。左是起因，右写对策。女友提笔写下:

1. 夜里睡不好觉，因为电钻太吵。

我很惊讶地问她，那装修的人家居然敢冒天下之大不韪，在夜里开动电钻?

女友愣了一下，然后说，那倒不是。楼下孀居多年的邻居要结婚了，房屋不整也实在当不了新房。那家事先已出了安民告示，并于晚上八点以后，不再使用电钻。

我说，那么，你睡不好觉，就另有原因，并不能归于电钻了。

她对着白纸，看了半天，仿佛不认识自己写下的那一行字。然后把“电钻”云云删去了，在对策一栏里，写下——吃两片安眠药。

继续整理你的烦恼。我说。

2. 丈夫外遇十年。

真是一个折磨人的大难题。我定定神问，你最近才知道吗？她嘶哑地答，早知道了。

我说，你打算最近采取行动，彻底解决这个问题吗？

她思忖着说，时机还不成熟。无论是离婚还是敦促他痛改前非，都需要时间。

我说，那它是可以从长计议的，也就是目前采取的对策是等待。

女友点点头。

3. 昨天丢了一千块钱。

我说，真倒霉啊，对你是雪上加霜。你报案了吗？

她说，报了，但是没寄什么希望。

我说，那就是说，你基本上觉得这笔损失是不可挽回的啦？

她很快地回答，是啊。

我说，不一定啊。也许你不停地愁苦下去，把自己的太阳穴敲出一个透明窟窿，小偷会良心发现，把那笔钱送回来。

她扑哧一声笑了，说，瞧你说的。那小偷根本不知道我是谁，哪怕我今天自杀了，他也不会发慈悲的。

我正色道，说得好。这笔损失，并不因你的痛楚，而有复原的可能。

女友想了想，就把这一条划掉了，重写了一个“3. 孩子考不上大学”。

我陪着她深深地叹了一口气，然后问她，你是直到今天才意识到孩子上大学无望吗？

她摇摇头，说，他学习成绩一直不好，这结果其实已在意料之中。以前总幻想能出现一个奇迹，现在彻底破灭了。

我说，不符合实际的幻想破灭，你说是件好事还是坏事？

她明白了我的用意，但还是很沉重地说，面对残酷的现实，总是让人难以接受。

我说，是啊。但事实是否因你的不接受，而有改变的可能呢？

女友说，我还是希望孩子能有接受高等教育的机会啊。

我说，此次没有考上大学，并不意味着孩子永远失去了接受高等教育的机会。

她突然抓住我的手说，你的意思是，还有机会？

我说，你觉的呢？我记得你就是通过自学直接考取的研究生啊。

她沉默了很长的时间，然后一字一顿地说，是啊。孩子已经十八岁了，教会他如何应付困境，也许更重要。于是她写下对策——重新来，继续下去。

4. 高血压。

我说，你的血压是否已经像珠穆朗玛一样，成了世界上的第一高峰了呢？

她有些气恼了，说，我真的很痛苦，你却在这里穷开心。

我把脸上的笑容收起，说，对于病，也要有一个战略藐视战术重视的应对。我相信，你的高血压并非到了药石罔效的地步，只要按时吃药，是可以控制的。你服药很可能不守医嘱。

她有些不好意思，反问，你怎么知道的？

我说，别忘了，我还是有二十多年医龄的老大夫。你瞒不过我的火眼金睛。

女友老老实实地交代说，一忙起来，就忘了。她规规矩矩地写上对策——遵医嘱。

女友的脸色渐渐平稳，但她还是愁肠百结地写下了最后一条。

5. 科研任务紧迫。

我说，关于此项艰巨的任务，你承担了一年。现在到了最后攻关阶段，你是否已对自己丧失了信心？

她很坚定地回答，没有。只是我的心情不好，你知道，对于一个搞研究的人来说，心情就是生产力啊。

我一拍她的手掌说，你讲得好！但心情纯属你精神领域的感觉，你为什么不能使自己的心情明亮起来呢？

她说，讲得轻松！不挑担子肩不疼。我这里千头万绪，哪里就亮得起来！

我含笑说，看看你的千头万绪，还剩下了多少？

那张洁白的纸上，写着:

失眠——安眠药

丈夫外遇——从长计议

（丢钱——自认倒霉）

儿子未考上大学——重新来

高血压——遵医嘱

科研攻关——好心情

她看了一遍又一遍，好像不相信自己的千头万绪，已细化成如此简明扼要的条款。看来，我只要今晚吃上两片安眠药，明早醒来，阳光依旧灿烂？她有些半信半疑。

我说，当所有的头绪都搅在一起的时候，的确很可怕，它们使我们的心情变得极为恶劣，智力陡然下降，判断连续失误，于是事情就进入了一个更糟糕的怪圈。把它们理清，列出对策，就可以逐一攻克了。好心情并不来源于一帆风顺，而是生长于从容和坚定的勇气中啊。

女友说，哈！我知道啦！我们每个人都有长出好心情的土地，就看你是否耕耘。

为身体投票

当人们看到一本书，却无法根据书名想见内容的时候，通常会冷一下。有两种反应可供选择：一是把它甩到一边，因为它超出了我们已知的知识范畴，它冒犯了我们。另外一种就是好奇地打开它，看它到底说些什么。

幸好当我看到江西教育出版社的《赛博医学》时，采取了第二种处置方法，才使我没有和一本好书失之交臂。

“赛博”是个挺复杂的词，大致的意思是把人和信息源联结起来，出现一种新型的交流空间。

医学这两个字，倒是熟面孔。有二十多年的时间，我天天裹在白大衣里，和它形影不离。现在它在脑袋上加了“赛博”这一玄妙前置，好像老朋友新烫了时髦发型，使我阅读的时候，常有不自在和刮目相看的感觉。

待及看完，掩卷长思，觉得很有触动。

它的内容不复杂，正如它的副标题所示——计算机如何帮助医生和病人提高医疗质量。具体说来，就是计算机可以让病人自行表达病史、进行诊断、指导保健，等等。

说实话，在看到这本书之前，我从来没想到病历可由机器完成。大脑中顽固地认为，医学是仅存的几门基本上要由人工独立操作的技艺之一，是手工劳动最后的孤独堡垒。此书打破了我的成见，并以很有趣的实验数据证明，如果软件设计得足够精彩，病人面对着一架机器叙述病情，可能比对着医生更加自如，病史的采集也更加完备。

我几乎目瞪口呆，本能地不愿相信这个统计结果。

记起我当实习医生的时候，第一次写病历，煞是紧张。病历是第一手文件，一旦出了医疗事故，是要上法庭做证据的。写病历有很多规则，好似一份严谨的经济合同。我事先把有关格式背得滚瓜烂熟，生怕有什么遗忘。虽说忘了，也还可再进病房，补充询问一遍病人，但那仿佛初战失利，让人懊丧。况且，对一个实习医生来说，保持老练形象，事关重大。病室中住了好几个病人，你三番五次地回访某人，旁人都能看出你初出道，就不相信你了。说严重点，简直就是出师未捷身先死，很惨的。于是，我仿佛草台班子的小演员首次出台，把现病史、既往史、家族史……倒背如流，这才战战兢兢地推开了病房的门。

不但问得要周全，万勿遗漏，病人的回答也要记得烂熟，才好回来如实写病历。一份病历就像一部小说，考验着医生关于那个陌生人的生命流程和生理结构的描述，同时挑战着医生的记忆和思维。它不但蕴含着庞大劳动和智慧的付出，而且潜藏着人为的疏忽和倦怠的危险。而这种种暗疾，在医疗行业之外的人，常常难以痛切地察觉，无法有效地防止可能出现的失误。

我们的时代，是一个遍地讲“黑话”的时代。各行各业都有一些独特的语词，独立于公共汉语之外，孤傲而神秘地屹立在那里，好像早年间敌特的接头暗号。比如你进了电脑店，就得做好领受计算机术语轰炸的准备。你打算装修房间，就会被建筑材料的种种称谓，浸泡得双耳肿胀。行业的划分越来越细致，每个行当都建立了一套自己的内部语系，都是由你认识的中国字组成的，但连缀在一起，内涵却神鬼莫测。此类尴尬，我想，每一个在现代都市中生活的人，都会在不同场合领教。其中最令人惶恐和不知所措的局面，相信是在医院的遭遇。大夫们谈的是你的身体，可你却对它一无所知。某张化验单上所有的数据，都是你的生命指征，它却对你满面不屑。那些从本质上是属于你的，你却无法知晓含义的符码，麻木地看着你，缄口不吐它们的秘密。你一定尝试着问过医生，但医生冷峻的面容使你陡觉自己的弱智，难以启齿。即便有谁拨冗为你解答，你也很快地自惭形秽，觉得打扰了医生的时间，近乎图财害命。你想偷看医书查询，但浩如烟海的书籍让你眼花缭乱。即便找到了一本相关的资料，那种行业的黑话，又已匍匐在字里行间等着袭击你了……

当一个人对自己的身体失去了解和控制的时候，那种恐惧和茫然，那种失落和挣扎，那种孤独和无助，那种悲苦和折磨，必定撕心裂肺。人在进化过程中亟待解决这一问题，它的优先性也许大于我们对外空间的探索。

赛博医学的主导思想正是这样的。它以人本主义为自己的哲学基础，提出了“病人的权利”这一主张。当本书的作者——斯赖克医学博士，坐在“当事人中心”学派的始祖——罗杰斯俭朴的家中，他的思想发生了根本性的转折。他明白了，以往的医学专业人员，都是把家长式作风当成自己工作中的主要组成部分，从而剥夺了病人自我依靠和自我尊重的权利。

好像是一个悖论。计算机是个机器，但它的介入，却打破了医生——一种人的一统天下和霸权。在医学这一纯粹为人服务的领域内，渗进了更多人性的意味。

冰冷的、没有生命的电脑的参与，使得病人对自己温热的身体，具有了更多的知情权和决定权。我们的身体，是灵魂居住的地方。它的检测和维修，无论我们托付的医生多么负责和周到，最后的关键一票，都应该执掌在本人手中（危急情况例外）。电脑在这个过程中帮助了我们，我们应该给它献一束玫瑰。当然，那花最终还要转到为电脑设计了充满人性意味程序的科学家手中。

疲倦

疲倦是现代人越来越常见的一种生存状态，在我们的周围，随便看一眼吧，有多少垂头丧气的儿童，萎靡不振的青年，疲惫已极的中年，落落寡合的老年？……人们广泛而漠然地疲倦了。很多人已见怪不怪，以为疲倦是正常的了。

有一次，我把一条旧呢裤送到街上的洗染店。师傅看了以后，说，我会尽力洗熨的。但是，你的裤子，这一回穿得太久了，恐怕膝盖前面的鼓包是没法熨平了。它疲倦了。

我吃惊地说，裤子——它居然也会疲倦？

师傅说，是啊。不但呢子会疲倦，羊绒衫也会疲倦的，所以，穿过几天之后，你要脱下晾晾它，让毛衫有一个喘气的机会。皮鞋也会疲倦的，你要几双倒换着上脚，这样才可延长皮子的寿命……

我半信半疑，心想，莫不是这老师傅太热爱他所从事的工作了，所以才这般体恤手下无生命的衣料。

又一次，我在一家先进的工厂，看到一种特别的合金，如同谄媚的叛臣，能折弯多少次，韧度不减。我说，真是天下无双了。总工程师摇摇头道，它有一个强大的对手。

我好奇地发问，谁?

总工程师说：就是它自己的疲劳。

我讶然，金属也会疲劳啊?

总工程师说，是啊。这种内伤，除了预防，无药可医。如果不在它的疲劳限度之前让它休息，那么，它会突然断裂，引发灾难。

那一瞬，我知道了疲倦的厉害。铁打钢铸的金属尚且如此，遑论肉胎凡身!

疲倦发生的时候，如同一种会流淌的暗流，在皮肤表面蔓延，使人整个地困顿和蜷缩起来。如果不加以克服和调整，这种黏滞的不适，就会如寒露一般，侵袭到我们身体的底层。到那个悲惨的时候，我们就不再将这种令人不安的情况称为“疲倦”，我们会径直地说——我病了——我垮了。

疲倦首先是从眼睛开始的。在通常需要集中注意力的时刻，我们无奈地垂下睫毛。我们以自己的充满了血液的眼帘，充当了厚重的幕布，隔绝光线和信息无休止地介入。我们就地取材地为自己制造了一场人工的黑暗。

在那些老生常谈的会议上，在那些议而不决的争执中，在那些絮絮叨叨的繁杂中，在那些痛苦焦灼的等待中……五花八门的无聊冲击，让我们的瞳孔首当其冲地磨损了。它无法明亮清晰地观察这个世界，便怯懦地后退了，选择了躲闪和逃避。

疲倦然后蔓延到我们的表情。疲倦的人，通常是无精打采的。在呆滞的目光之下，是苍白或是潮红的面庞。疲倦使血的流速异常地减慢或是加快，失却了内部的平衡与稳定。在应该急速反应的时候，疲倦的人延宕迟疑。在应该稳健沉着的时候，疲倦的人如同受惊的公鸡一般病态亢奋。殊不知这种竭泽而渔的抖擞，更加快了疲倦的发展。

疲倦的人，很难听到别人的声音。因为，声音是一种锐利的刺激。你丧失快速反应的同时，为了遮盖你的乏力，索性封闭了传达的通道。常常听到有人说，对不起，我把某某事忘记了。别人不解，奇怪他记忆力为何如此之差。其实结论可能很简单——他疲倦了。疲倦的时候，我们的耳朵就不由自主地关拢闸门。不要埋怨他们的听觉，猜疑他们的品质，负罪的该是疲倦。

疲倦的人，通常懒言寡语。发表意见，是为了阐发观点，影响他人。此种特别的愉悦，来自为了让世界注意你的存在。你丧失了对外界的关注，也就主动取消了自己的发言权。当你不再聆听的同时，你也不再歌唱。喉舌是听命于大脑的。大脑钝了，大脑枯竭了，大脑空白了，我们必无话可说。

当疲倦在全身泛滥的时候，我们是徒有虚名的人了。我们了无热情，心灰意懒。我们不再关注春天何时萌动，秋天何时飘零。我们迷茫地看着孩子的微笑，不知道他们为何快乐。我们不爱惜自己了，觉察不到自己的珍贵。我们不热爱他人了，因为他人是使我们厌烦的源头。我们麻木困惑，每天的太阳都是旧的。阳光已不再播洒温暖，只是射出逼人的光线。我们得过且过地敷衍着工作，因为它已不是创造性思维的动力。

疲倦是一种淡淡的腐蚀剂，当它无色无臭地积聚着，潜移默化地浸泡着我们的时候，意志的酥软就发生了。

在身体疲倦的背后，是精神率先疲倦了。我们丧失了好奇心，不再如饥似渴地求知，生活纳入灰色的模式。甚至婚姻，也会疲倦。它刻板地重复着，没有新意，没有发展。婚姻的弹性老化了，像一只很久没有充气的球，表皮皲裂，塌陷着，摔到地上，噗噗地发出充满怨恨的声音，却再不会轻盈地跳起，奔跑着向前。

疲倦到了极点的时候，人会完全感觉不到生命和生活的乐趣，所有的感官都在感受苦难，于是它们就保护性地不约而同地封闭了。我们便被闭锁在一个狭小的茧里，呼吸窘迫，四肢蜷曲，渐渐逼近窒息了。

疲倦的可怕，还在于它的传染性。一个人疲倦了，他就变成一炷迷香，在人群中持久地散布着疲倦的细微颗粒。他低落地徘徊着，拖带着整体的步伐。当我们的周围生活着一个疲倦的人，就像有一个饿着肚子的人，无声地要求着我们把自己精神的谷粒，拨一些到他的空碗中。不过，如果我们这样做了之后，才发觉不但没有使他振作起来，自身也莫名其妙地削弱了。

身体的疲倦，转而加剧着精神的苦闷。

变更太频繁了，信息太繁复了，刺激太猛烈了，扰动太浩大了，强度太凶，频率太高……即使是喜悦和财富吧，如果没有清醒的节制，铺天盖地而来，也会使我们在震惊之后深刻地疲倦了。

当疲倦发生的时候，我们怎么办呢？

当无计可施的时候，看看大自然吧。春天的花开得疲倦的时候，它们就悄然地撤离枝头，放弃了美丽，留下了小小的果实。当风疲倦的时候，它就停止了荡涤，让大地恢复平静。当海浪疲倦的时候，洋面就丝绸般地安宁了。当天空疲倦的时候，它就用月亮替换太阳……

人们应对疲倦的办法，没有自然界高明。不信，你看。当道路疲倦的时候，就塞车。当办公室疲倦的时候，就推诿和没有效率。当组织者疲倦的时候，就出现混乱和不公。当社会出现疲倦的时候，就冷漠和麻木……

疲倦对我们的伤害，需要平心静气地休养生息。让目光重新敏锐，让步伐恢复轻捷，让天性生长快乐，让手足温暖有力。耳朵能够捕捉到蜻蜓的呼吸，发梢能够感受到阳光的抚摸，微笑能如鲜橙般耀眼，眼泪能如菩提般仁慈……

疲倦是可以战胜的，法宝就是珍爱我们自己。疲倦是可以化险为夷的，战术就是宁静致远。疲倦考验着我们，折磨着我们。疲倦也锤炼着我们，升华着我们。

锻造心情

心情好像一种很柔软的东西，经常因为自然界的风花雪月或是人世间的阴晴冷暖，剧烈波动着，蛛丝般震颤飘荡，无所依傍，哪里用得上“锻造”这样充满了金属音响的词呢?

心情于我们是那样重要。健康与美丽，如若没有一副好心情，犹如沙上建塔水中捞月，一切都无从谈起。心情与我们形影不离，不，它甚至比影子的追随还要牢固得多。光不存在的时候，影子就藏在深深的黑暗中了。只有心情牢牢黏附在胸膛最隐秘的地方，坚定不移地陪伴着我们。快乐的人，在黑夜中也会绽出笑容；凄苦的人，即使睡着了，梦中也滴泪。

心情是心田的庄稼。只要心脏在跳动，心情就播种着，活跃着，生长着，更迭着，强有力地制约着我们的生存状态。可能没有爱情，没有自由，没有健康，没有金钱，但我们必有心情。

心情是我们的收割机呢。如果你懊丧，收获的就是退缩畏葸和一事无成。如果你落落寡合，只一味地倾诉苦难，朋友最终会离去，留你孑然面对孤灯。如果你昂扬，希望就永远微茫地闪动，激你前行。如果你百折不挠，生活每一次把你压扁，你都会充满了韧性和幽默地弹跳而起，螺旋向上。如果你向每一丛绿树和鲜花打招呼，它们必会回报你欢笑与芬芳……

如果你渴望健康和美丽，如果你珍惜生命每一寸光阴，如果你愿为这世界增添晴朗和欢乐，如果你即使倒下也面向太阳，那么，请锻造心情。

它宁静而坚定，像火山爆发后凝固的岩浆，充满海绵状的孔隙又坚硬无比。它可以蕴含人生的苦难，但绝不会被苦难所粉碎。它感应快乐的时候如丝如弦，体贴人间的每一分感动。它凝重时如锚如链，风暴中使巨轮安稳如磐。它在一次次精彩的淬火中，失去的是杂质，获得的是强韧。它延展着，包容着，被覆着我们裸露的神经，保卫着我们精神的海洋与天空。它是蓝色澄清的内心疆域，在那里栖息着我们永不疲倦的灵魂。

让我们的成品——沉稳宁静广博透明的心情，覆盖生命的每一个清晨和夜晚。从此不再因外界的风声鹤唳而瑟瑟发抖，不再因世间的荣辱得失而锱铢必较，不再因身体的顿挫不适而万念俱灰，不再因生命的瞬忽飘逝而惆怅莫名……

人生因此健康，因此壮丽。

每人心中都有一个本子

一次我应邀在电台直播，谈些人生感慨什么的，不时有听众的热线打进，大家就聊天。突然，一个很细弱的女声传来，说，毕老师，我有一个本子，不知该怎么办。你能帮我想个主意吗？

我问，什么本子呢？

她说，就是那种老式的本子，每个人年轻的时候，都有那种本子。我想，你也曾有过的。

我的心像古老的张衡发明的蛤蟆状地动仪一样，接收到一颗铜球，激烈地共振了一下。我知道她所说的那种本子，我确实有过那种本子。我说，啊，是。我知道，我有过。你打算让我给你出个什么主意呢？

她一口气说下去，不再停歇。看来，她为这个问题，思虑很长时间了。

没有人需要这种本子了，这种本子老土。我有时翻翻，也觉得特可笑。却想，可不能把它扔了，烧了，里头藏着我年轻时的梦。多不容易搜集来的呀！我那时用功着呢，别人看电影，我不去，一笔一画地抄呀抄。现在一看，挺幼稚的，可我不忍心把它毁了，心血啊。还抄了不少景物和人物描写，比如《创业史》里，徐改霞的长相，《林海雪原》里，少剑波如何英俊……还有气象谚语，像“天上鲤鱼瘢，晒谷不用翻”，“天上鱼鳞瘢，不雨也风颠”……我那时就特分辨不清，鲤鱼瘢和鱼鳞瘢有什么不同？天气好坏能差那么多吗？想了多年，也闹不明白。如今，也不用想了。有了天气预报，什么都简单了。本子还有什么用？再没人需要它了……

我听着，不知如何回应，只有陪着叹息。从她透露的摘抄词，再加上听她的声音，我判断她早已不年轻。有些人生的纪念物，对自己是宝，对他人只是废物。

也许，怀旧的人，可以在自己的家里，建一所微型的历史博物馆？我本想这样说，但一想到这个年纪的中国妇女，一般不惯幽默。不知人家住房是否宽敞，可有这份闲心？要是碰上个下岗女工，反触动了伤心处。于是只有以沉默相伴。

她突然很热切地说：想了很长时间，我决定把本子寄给你。那里面有关文学的描写，对你的写作肯定会有帮助的。

我微微地苦笑了。这种描写，对我不会有实际用处。但这是一个直播节目，我们的对话，已通过电波飞进万千耳朵。我不忍伤害一颗朴素而炙热的心，于是很快地回答说，好啊！谢谢你把这么宝贵的纪念物托付给我，我一定会仔细拜读，妥善保护的。

她接着问了我的工作地址，喃喃地重复着，记录着……其他的电话接踵打进来，她的声音就在鼎沸中淹去了。

几天后，我收到了一个厚厚的包裹，打开来，一个红色的塑料笔记本收入眼底。

果然是逝去年代的遗物。扉页上，盖着洇了红油的公章，不太好的墨字写着“奖给劳动模范□□□”。这个笔记本不但有着文学的意义，还是主人光荣的记载。

我细细地翻看本子。字体从稚嫩到圆熟，抄录的内容也形形色色。它不是日记，没有个人生活的流水账，但却能从里面看出生命的过程。除了文艺书籍的片段，更多的是那个时代流传的一些名人名言。抄录者好像不喜欢按部就班地准确记载，有一些话并不注明出处，使人分辨不清是她抄下的，还是自己发明的。

在人生的前半，有享乐的能力，而无享乐的机会。在人生的后半，有享乐的机会，而无享乐的能力。

——马克·吐温

恕我孤陋寡闻，从来不知马克·吐温有这样一段言论，不知他在何时何地讲的这个话？我虽然很钦佩他老人家的文学成就，但对这段话不敢苟同。我以为，享乐的能力和机会应该是同步的。你用劳动创造机会，同时享乐。把机会和能力割裂开来，大概是上个世纪的顺序了。

我想，这段话是本子的主人在年轻时抄录下的吧？那时，她肯定以为自己是不应该享乐的。她以这话激励自己。现在，大约她已到了有享乐机会的年纪了，不知她能否安然享乐？

一个人专心于本身的时候，他充其量也只能成为一个美丽的、小巧的包裹而已。

——罗斯金

又一次惭愧了，不知这位罗斯金是谁。我从这段话里，猜测到主人是相貌普通的女子。在很长的岁月里，她用这话勉励着自己，不愿做一个美丽、小巧的包裹，而期望着是勤奋而努力的战士。

人间最美丽的情景是出现在当我们怀念母亲的时候。

——莫泊桑

这话非常好。主人在这段语录下，画了代表强调意思的曲线。想来，她是一个非常注重亲情的人。她是孝女吧？但也有另一种可能，她从小就失去了母亲。但愿我的后一判断有误。

在最不尊重人类自由的地方，人对英雄的崇拜最为炽烈。

——斯宾塞

人之才能，自非圣贤。有所长，必有所短。有所明，必有所蔽。

——王守仁

当爱情发言的时候，就像诸神的合唱，使整个的天界陶醉于仙乐之中。

——莎士比亚

恋爱中止后不说对方的坏话，也是一种道德。

——国分康孝

“为什么美女总是跟庸庸碌碌的男人结婚？”“因为，聪明的男人避开跟美女结婚。”

——毛姆

啊，她这一阶段，在谈恋爱吧？失恋了？

有朋友的人像草原一样广阔，没有朋友的人像手掌一样狭窄。

与邪佞人交，如雪入墨池，虽融为水，其色愈污。与端方人处，如炭入熏炉，虽化为灰，其香不灭。

——此话无出处

每只鸟都认为自己的声音最美。

——阿拉伯谚语

即使把蛇装进竹管里，它也不会因而变直。

——日本谚语

她是否受到了某种伤害？挺过来了吧？

她脚上穿的是一双绣了小蓝花的青布鞋，毛蓝布裤子，红罩衣，浅花头帕下拢着浓密的黑发，黑发在脑后梳成一根油亮亮的粗辫子，粗辫从脑后绕到前边，滑过肩头，垂在富于曲线的胸脯上。辫梢扎了个红毛线的蝴蝶结，身材颀长，体态丰满，一堆银耳坠垂在秀丽的脸盘旁……

——人物外貌描写

……

我错落地翻动着本子，无声地读着这些话语，感到一颗心，拖着长长的彗尾，在人生的天际艰难运行。

我很感动，因为自己也有一个这样的本子。从中学时记起，追随我到高原，直至我饱经沧桑。

有一些我们久久蕴积肺腑，却表达不出的心结，被先哲们一语道破，在征途的驿站旁，等着我们路过。当无意间相逢时，心会陡地一颤，紧接着是温暖和相知的潮水涌起。

每个人内心都存着这样的本子，记载着我们尊崇的规则。无论它是否凝结为显形的字迹，都在暗中规定和指挥着我们的思维。

近年，不大有人记这样的本子了。很多人奉行的宗旨，是一些可做却不可说的秘诀。有一个女孩告诉我，她听从这样一些小技巧:

永远别问理发师你是否需要理发。

（他总是说你需要理发。推而广之，不要向可能成为你的对手的人、利益与你相悖的人，请教任何东西。）

美貌是一封无声的推荐信，一旦付出，就要成为定期债券。

（在出租相貌的时候，一定要计算出到期的收益。蚀本的生意万不可干。）

烧掉自己最难看的照片。

（千万要在第一眼看到之后，就赶快燃起火柴。假装它从来不曾存在过。这会增强自信心。不信，你试试。）

要付的钱晚付，要收的钱早收。

……

女人第一次结婚是为了心爱的男人，第二次是为了找伴侣，第三次是害怕孤独，第四次是习惯成自然。

对于狗来说，每一个主人都是拿破仑。

她说，我这些还是比较上得台面的，有的人，干脆只记一句——人不为己，天诛地灭。

我无言。翻看我们心中的本子，会更精练更浓烈地知道我们是怎样的人。

我把红本子珍藏起来。不想一段时间以后，那女子又给我来了一封信，说自从把本子寄给我以后，寝食无安，好像把最珍贵的东西丢了。

“真的不是我不相信您，只是我以前没意识到，这本子对我是如此重要。您能把它还给我吗？假如您喜欢其中的某些部分，我可以把它复印了，再给您寄去。我不会要您一分钱的。”

我马上把本子挂号寄回并附言。我说，本子我已看完了，对我帮助很大。不必再印了。非常感谢你。我完全能理解你的情感，因为我也有同样的本子。

又过了些日子，我收到了厚厚的邮包。打开来看，那女子把她的笔记本，工工整整地重抄了一份，给我寄来了。

后面多了一句话，没有写明出处，我不知是她自己杜撰的，还是从哪里抄来的。

当你全心全意梦想着什么的时候，整个宇宙都会协同起来，助你实现自己的心愿。

变化的哀伤

变化无穷。从蛹到蝶，从蚕到蛾，从矿石到金属，从少年到成人。从一个地方到另一个地方，从一个行业到另一个行业。从目不识丁到学富五车，从一个人到两个人到三个人以至更多，从卑微到高尚到倾国倾城青史留名。从乡村到城市，从神州到世界……

变化是一个过程，其间充满危险。小时逮过知了的幼虫，就是民间俗称的“马猴”，黑褐板结的外壳，锋利的脚爪，佝偻着，苍老丑陋。傍晚，我把它扣在盆子里，清晨打开，看到一只晶莹剔透的蝉，绉纱般的羽翼正由鹅绿飘向清咖啡色，一旁抛着它僵硬的袈裟。我很想看到蝉从壳中钻出的一刹那，第二日，克制着困倦，以一个少年最大的忍耐，在凌晨三点的时候，猛地打开了陶盆。蝉正艰难地蜕变着，挣扎着，背脊开裂，折叠的翅膀如同尚未发好的豆芽，湿淋淋地蜷曲着。我动了恻隐之心，用手指撕开蝉的外壳，帮忙它快些娩出……之后，我心满意足地睡觉去了。早上当我以为能看到一名不知疲倦的流行歌手时，迎接我的是枯萎的尸体。

变化是一个过程。哪怕它曾是我们久久的渴望，都携带着深深的哀伤。因为我们旧有的熟悉的一部分，在变化中无可挽回地丢失了，遗下点点血迹，如同我们亲手截断了自己的一臂。我们只有用留下的那只温热的手，执着渐渐冷却的手，为它送行。一个稚嫩的我们不熟悉的新肩膀，正艰难地植入我们的躯体。伤口在出血，磨合很苦涩，但生机勃勃的变化就在这寂静和摩擦中不可扼制地绽放了。

我们在变化中成长。如果你拒绝了变化，你就拒绝了新的美丽和新的机遇。变化使我们成熟，但它首先使我们痛苦。人生中最重要的变化，一定伴随着大的焦灼和忧虑，甚至可以说，如果没有蚀骨销魂的痛，变化就不够清醒和完整。

痛苦是变化装扮的鬼脸——一个无所不在的先锋。

我的五样

老师出了题目——写下“你生命中最宝贵的五样东西”。我拿着笔，面对一张白纸，周围一下静寂无声。万物好似缩微成超市货架上的物品，平铺直叙摆在那里，等待你手挑选。货筐是那样小而致密，世上的林林总总，只有五样可以塞入。

也许是当过医生的缘故，片刻的斟酌之后，我本能地挥笔写下空气、水、太阳……

这当然是不错的。你不可能设想在一个没有空气和水的星球上，滋长出如此斑斓多彩的生命。但我很快发现自己陷入了困境——如果继续按照医学的逻辑推下去，马上就该写下心脏和气管，它们对于生命之泵也是绝不可缺的零件。结果呢，我的小筐子立马就装满了，五项指标额度用尽。想想那答案的雏形将是：

我生命中最宝贵的东西——空气、水、阳光、气管、心脏……哈！充满了科普意味。

如此写下去，恐有弊病。测验的功能，是辅导我们分辨出什么是自我生命中最重要的因子，以至面临人生的重大选择和丧失时，会比较地镇定从容，妥帖地排出轻重缓急。而我的答案，抽象粗放大而化之，缺乏甄别和实用性。

改弦易辙。我决定在水、空气和阳光三要素之后，写下对我个人更为独特和生死攸关的因子。

于是，第四样——鲜花。

真有些不好意思啊。挂着露滴的鲜花，那样娇弱纤巧，似乎和庄严的题目开了一个玩笑。但我真是如此地挚爱它们，觉得它们美轮美奂，不可或缺。绚烂的有刺的鲜花，象征着生活的美好和无可回避的艰难，愿有一束火红的玫瑰，伴我到天涯。

写下鲜花之后，仅剩一样挑选的余地了。刹那间，无数声音充斥耳鼓，聒噪地申述着自己的不可替代性，想在最后一分钟，挤进我珍贵的小筐。

偷着觑了一眼同学们的答案，不禁有些惶然。

有人写下“父母”。我顿觉自己的不孝。是啊，对于我的生命来说，父母难道不是极为宝贵的因素吗？且不说没有他们哪来的我，单是一想到他们会先我而去，等待我的是生离死别，永无相见，心就极快地冰冷成坨。

有人写下“孩子”。我惴惴不安，甚至觉得自己负罪在身。那个幼小的生命，与我血脉相连。我怎能在关键的时刻，将他遗漏？

有人写下“爱人”。我便更惭愧了。说真的，在刚才的抉择过程中，几乎将他忘了。或许因为潜意识里，认为在未曾识得他之前，我的生命就已存在许久。我们也曾有约，无论谁先走，剩下的那人都要一如既往地好好活着。既然当初不是同月同日生，将来也难得同月同日死，彼此已商定不是生命的必需，未进提名，也有几分理由吧？

正不知将手中的孤球抛向何处，老师一句话救了我。她说，这生命中最宝贵的东西，不必从逻辑上思索推敲是否成立，只需是你情感上的真爱即可。

凝神再想。

略一顿挫之后，拟写“电脑”。因为基本上已不用笔写作，电脑便成了我密不可分的工作伴侣。落笔之际我凝思，电脑在此处，并不只是单纯的工具，当是一种象征，代表我挚爱的劳动和神圣的职责。很快又联想到电脑所受制约较多，比如停电或是病毒入侵，都会让我无所依傍。唯有朴素的笔，虽原始简陋，却可朝夕相伴风雨兼程。

于是洁白的纸上，记下了我生命中最宝贵的五样东西——水、阳光、空气、鲜花和笔（未按笔画为序，排名不分先后）。

同学们嘻嘻笑着，彼此交换答案。一看之后，却都不作声了。我吃惊地发现，每人的物件，万千气象，绝不雷同，有些简直让人瞠目结舌。比如某男士的“足球”，某女士的“巧克力”，在我就大不以为然。但老师再三提示，不要以自己的观点去衡量他人，于是不露声色。

接下来，老师说，好吧，每个人在你写下的五样当中，划去相对不那么重要的一样，只剩下四样。

权衡之后，我在五样中的“鲜花”一栏旁边，打了一个小小的“×”字，表示在无奈的选择当中，将最先放弃清丽芬芳的它。

老师走过来看到了，说，不能只是在一旁做个小记号，放弃就意味着彻底的割舍。你必得用笔把它全部涂掉。

依法办了，将笔尖重重刺下。当鲜花被墨笔腰斩的那一刻，顿觉四周惨失颜色，犹如本世纪初叶的黑白默片。我拢拢头发咬咬牙，对自己说，与剩下的四样相比，带有奢侈和浪漫情调的鲜花，在重要性上毕竟逊了一筹，舍就舍了吧。虽然花香不再，所幸生命大致完整。

请将剩下的四类当中，再剔去一种，仅剩三样。老师的声音很平和，却带有一种不容商榷的断然压力。

我面对自己的纸，犯了难。阳光、水、空气和笔……删掉哪样是好？思忖片刻，提笔把“水”划去了。从医学知识上讲，没有了空气，人只能苟延残喘几分钟；没有了水，在若干小时内尚可坚持。两害相权取其轻吧。

也许女人真是水做的骨肉，“水”一被勾销，立觉喉咙苦涩，舌头肿痛，心也随之焦躁成灰，人好似成了金字塔里风干的长老。

我已经约略猜到了老师的程序，便有隐隐的痛楚弥漫开来。不断丧失的恐惧，化作乌云大兵压境。痛苦的抉择似一条苦难巷道，弯弯曲曲伸向远方。

果然，老师说，继续划去一样，只剩两样。

这时教室内变得很寂静，好似荒凉的墓冢。每个人都在冥思苦想举棋不定。我已顾不得探查他人的答案，面对着自己人生的白纸，愁肠百结。

笔、阳光、空气……何去何从？

闭起眼睛一跺脚，我把“空气”画去了。

刹那间，好像有一双阴冷的鹰爪，丝丝入扣地扼住我的咽喉。手指发麻眼冒金星，心擂如鼓气息屏窒……

我曾在海拔五千多米的冰山上攀援绝壁，缺氧的滋味撕心裂肺。无论谁隔绝了空气，生命便飘然而逝。一切只能成为哲学意义上的讨论。

好了，现在再划去一样，只剩下最后一样。老师的音调很温和，但执着坚定充满决绝。对已是万般无奈之中的我们，此语一出，不啻惊雷。

教室内已经有轻轻的哭泣声。人啊，面临丧失，多么软弱苦楚。即使只是一种模拟，已使人肝肠寸断。

笔和阳光。它们在纸上势不两立地注视着我，陷我于深重的两难。

留下太阳吧——心灵深处在反复呼唤。妩媚温暖明亮洁净，天地一片光明。玫瑰花会重新开放，空气和水将濡养而出，百禽鸣唱，欢歌笑语。曾经失去的一切，都会在不知不觉当中悄然归来。纵使除了阳光什么也没有，也可以在沙滩上直直地卧晒太阳哇。

想到这里，心的每一个犄角，都金光灿灿起来。

只是，我在哪里？在干什么？

我看到自己孤独的身影，在海边寂寞的椰子树下拉长缩短，百无聊赖。孤独地看日出日落，听潮涨潮退。

那生命的存在，于我还有怎样的意义？！我执着地扬起头来问天。

天无语。

自问至此，水落石出。我慢而稳定地拿起笔，将纸上的“太阳”划掉了。

偌大一张纸，在反复勾勒的斑驳墨迹中，只残存下来一个固守的字——笔。

这种充满痛苦和抉择的测验，像一个渐渐缩窄的闸孔，将激越的水流凝聚成最后的能量，冲刷着我们纷繁的取向。当那通道变得一夫当关、万夫莫开之时，生命的重中之重，就简洁而挺拔地凸立了。

感谢这一过程，让我清晰地得知什么是我生命中的真爱——就是我手中的这支笔啊。它噗噗跳动着，击打着我的掌心，犹如我的另一颗心脏，推动我的一腔热血、四肢百骸。

突然发现周围万籁无声。人们在清醒地选择之后，明白了自己意志的支点，便像婴儿一般，单纯而明朗地宁静了。

我细心地收起这张白纸，一如珍藏一张既定的船票。知道了航向和终点，剩下的就是帆起桨落战胜风暴的努力了。

第二志愿

人们常常把所有的注意力，都集中在第一志愿上。这些年，随着考试严酷性的不断升级，关于填报志愿的说法也越来越霸道了——那就是，全力以赴关注你的第一志愿。某些大学的录取人员公开宣布，我们是不会录取第二志愿的学生的。因为你的热爱不够专一，录来也学不好的。

高考形势特殊，僧多粥少，对于学校的取舍，旁人不好议论是非。但我以为，如果把高考报志愿的经验推而广之，把第一志愿至上，扩展成人生选择的一大信条，就有商榷的必要了。

人生的选择绝少是唯一的。

听一位美国心理学家讲座，谈到男女青年挑选恋爱对象时，他说，如果你在读大学的时候，一眼扫去，本班级上的异性，有三分之一以上可以成为你的配偶候选人，那么……

讲到这里，说是悬念也好，说是征询民意也好，他成心留出一个长长的停顿，用苍蓝色的眼珠扫视全场。台下发出汹涌的低语声，均说："那他就是一个神经病！"

异国的心理学家耸耸肩膀说："喏！那他或她，就是一个心理健康的人。"

这观点有点好玩，也有点耸人听闻，是不是？当然，他指的寻找伴侣，是在大学校园内，智商和背景有大的相仿，并不能波及整个社会，说某个男人觉得与世上三分之一的女人都可成眷属，才属正常。

但这一论点也可以说明，既然结为夫妻这样严重的问题，都不妨有一手或是几手打算，那么，在其他场合的选择，当有更大的弹性。

当孤注一掷地把自己的命运押在某个"唯一"头上的时候，我们实际上处于自我封闭和焦灼无序的状态。内心流淌的是自卑和虚弱。以为只有这狭窄的途径，才是抵达目的地的独木桥，无法设想在另外的情形下，还有道路尚可通行。某些人的信念虽执着但脆弱，难以容忍自己的不成功。由于太惧怕失败的阴影了，拒绝想象除胜利以外，事态还同时存有一千种以上暗淡的可能。他们能够采取的自卫措施，就是放下眼帘。以为只要不去想，不良的结果就可能像鬼魅，只能在暗夜中游走，不会真的在太阳下现身。

于是每当选择的关头，我们可以看到那么多人鸵鸟似的奋不顾身、色厉内荏地跑跳着，到了没有退路的时候，就把小小的脑袋埋入沙荒。他们并不仅仅骗别人，首先地和更重要地，是用这种虚张的气势，为自己打气加力。他们拒不考虑第二志愿，觉着给自己留了退路，就是懦夫和逃兵。甚至以为那是一个不祥的兆头，好像夜啼的猫头鹰，早早赶走方平安。他们竭力不去前瞻那潜伏着的败笔和危险，好像不带粮草就杀入沙漠的孤军。即使为了应付局面多做准备，也是马马虎虎潦潦草草，虚与委蛇地写下第二、第三志愿……不走脑子，秋水无痕。不敢一针见血地问自己，假若第一志愿失守，能否依旧从容微笑？

可惜世上的事情，不如愿者十之八九。当冰冷的结局出现时，很多人就像遇到雪崩的攀援者，一落千丈。

此刻，你以前不经意间随手填写的第二志愿，就像保险绳一样，在你下坠的过程中，有力地拽住了你，还你一方风景。

惊魂未定的你，此时心中百感交集。被第一志愿抛弃的巨大失落，使百骸俱软，无暇顾及和珍视第二志愿的援手。你垂头丧气地望着崖下，第一志愿的游魂还在碎石中闪着虚光。有人恨不能纵身一跳，以七尺之躯殉了那未竟的理想。即便被亲人和世俗的利害劝得暂且委曲求全，那心中的苦郁悲凉，也经久不散。

第二志愿如同灰姑娘，龟缩在角落里，打扫尘埃，收拾残局，等待那不知何日才能莅临的金马车。

其实人的才能是多方面的，守节般地效忠第一志愿，愚蠢不说，更是浪费。候鸟是在不断的迁徙当中，寻找自己的最佳栖息地，并在长途艰苦的跋涉中，锻炼了羽翼。在屋檐下盘旋的鸟，除了麻雀，还能想出谁。

寻找第二志愿的过程，实质上是对自己的一次再发现。除了那最突出最显著的特点之外，我还有什么优长之处？第一志愿和第二志愿之间，可否像两位相得益彰的前锋，交互支援？我还有哪些潜藏着的特质，有待发掘和培养？平日疏忽的爱好，也许可在失落中渐渐显影？

第二志愿的考虑和填写，也许比第一志愿更取舍艰难。惟妙惟肖地预想失败，直面败后的残局和补救的措施，绝非乐事，但却必须。尝试着在出征前就布置退却和迂回的路线，并在这种惨淡经营的设计当中，规划自己再一次崛起的蓝图，是一种经验，更是勇气。

也许是因为害怕面对这种挫折的演习，有人敷衍了事般地拟下第二志愿，并不曾经历大脑深远的思考。他们以为这是勇往直前、背水一战的魄力，殊不知暴露的只是自己乏于坚忍和气血两虚。

不可搪塞第二志愿。它依旧是人生重要的选择，是你面对逆境的备份文件。它是进可以攻、退可以守的支撑点，它是无惧无悔的屏障，它是一个终结和起跑的双重底线。

或许有人以为，有了第二志愿、第三志愿……人就易颓败，不进取。这是一个谬论。亡命之徒不可取，它使人铤而走险，一旦失利，便是绝望与死寂。不妨想想杂技演员。有了保险绳的时候，他们的表演会无后顾之忧，更精妙绝伦。

在填写第一志愿的时候，把其后的每一个志愿也都认真地考虑，这是人生不屈不挠的法门之一。

莺鸟与铁星

在南太平洋的岛屿中，飞翔着一种有着动听鸣叫的美丽小鸟，叫做莺鸟，它们长着形色各异的喙。岛屿上物产丰富的日子，莺鸟们靠吃多种草籽为生，活得优哉游哉。

但是，饥馑来了。干旱袭击了岛屿，整个大地好像是刚刚凝固的炽热火山，赤红的土地，看不到一丝绿色。

科学家找到一些从前研究过的莺鸟，它们的腿上拴着铁环。观测结果，发现莺鸟们的体重大减，挣扎在死亡线上。原因是食物奇缺，能吃的都吃光了，唯一剩下的是一种叫做蒺藜的草籽。它浑身是锋利的硬刺，锐不可当。在深深的内核里隐藏的种仁，好像美味的巧克力封死在铁匣中。

蒺藜还有一个名字叫做铁星，象征着难以攻克。拉丁文的意思是“挤压和疼痛”。

莺鸟用自己柔弱的喙，啄开一粒铁星，先要把它顶在地上，又咬又扭，然后顶住岩石，上喙发力，下喙挤压，直到精疲力竭才能把外壳拧掉，吃到活命的粮草。

岛上开始了残酷的生存之战。没有刀光剑影，唯一的声音就是嗑碎蒺藜的噼啪声。很多莺鸟饿死了，有些顽强地生存下来。科学家想，生和死的区别在哪里呢？

经过详尽研究，喙长11毫米的莺鸟，就能够嗑开铁星，而喙长10.5毫米的莺鸟，就望“星”兴叹，无论如何都叩不开生命森严的大门。

0.5毫米之差，就决定了莺鸟的生死存亡。在丰衣足食的时候，一切都被温柔地遮盖了，但月亮并不总是圆的，事物的规律跌宕起伏。

我猜想，那些饿死的莺鸟在最后时分，倘能思索，一定万分后悔自己为什么没能生就一枚长长的利喙！短喙的莺鸟，是天生的，它们遭到了大自然无情的淘汰。但人类的喙——我们思维的强度，历练的经验，广博的智慧，强健的体力，合作的风采，幽默的神韵……却是可以在日复一日的积累中，渐渐地磨炼增长，成为我们度过困厄的支柱。

魔术师的铁钉

有一位非常有名的魔术师，当记者问起他成功的秘诀时，他带着记者，来到他平日演出的宏大剧场门口。记者以为他会走进富丽堂皇的大门，没想到，他领着记者来到了马路对面的一个下水道口。

你躺在这里，假设自己是在冬天的夜晚饥寒交迫，试试你能看到些什么？魔术师很和气地说。

记者曲身躺在地上，他闻到了下水道发出的恶臭，他看到了香喷喷的饭店和华美的商场，还看到无数的人腿在向着剧场走动。另外，有一截突出的窗台就在头顶侧方悬着，如同丑陋的屋檐。他边看边报告着，魔术师说，很好，你看得很全面。只是，在窗台的水泥上，请你看得再仔细一点。你还可以有所发现。

在魔术师的一再提示下，记者看到了窗台的下方，有一行模糊的字迹。他拼命瞪大眼睛，才辨识出那是魔术师的名字。

魔术师说，很多年前，我是一个乡下来的孩子。冬天，我蜷着身子躺在这里。你知道下水道口尽管恶臭，但比较暖和，从来不会结冰的。我看到了满天的星斗，知道明天更冷。我看到了食品和衣物，但我身无分文。我还看到了无数的人到对面的剧场去看演出。我萌生了一个梦想，有一天，我也要到这座辉煌的剧院里去，不是去看演出，是让别人看我的演出。这样想了之后，我就从地上捡起一根铁钉，用冻僵的手指，把自己的名字刻在水泥窗台上了……你问我为什么会成功，就这么简单。我用一根生锈的铁钉，把我的梦想刻在这里，每当我没有信心的时候，我就来到这里。当我离开的时候，勇气就重新灌满了胸膛。

分手的时候，记者对魔术师说，能否让我看看您那神奇的铁钉？魔术师说，可以。说完，他随手从地上捡起一根铁钉，说，喏，就是它了。铁钉并不重要，重要的是亲手刻下你的名字。

美容师的作品

一家很有名的制造商，产品从服装到化妆品到无数精美的饰品。

一天，商家召开盛大的产品推销会，其中最有趣的项目是——造就绅士。他们聘用的高级美容师，从城市最肮脏的角落，找到了一个身材高大的流浪汉，衣衫褴褛面容晦暗。美容师先给他拍了照片，存档以观后效。接着便用芬芳的洗液为他冲沐理发，用名牌剃须泡给他刮胡子，敷上一层又一层含有药物成分的润肤品、面霜和眼霜……打理完毕后，根据他的身高和肤色，选配了最适宜的衬衣、西装、领带，甚至还有一根很棒的手杖和一顶昂贵的帽子……

于是，众目睽睽之下，这个穷困潦倒颓败已极的莽汉，被商家的产品包装一新，成了仪表堂堂的绅士。在场的人叹为观止，公司的销售额飙升。

会后，某经理决定雇用这名容光焕发的绅士，约他第二天早晨报到，绅士点头答应了。但是，第二天早上，绅士没有来。经理决定耐心等下去，第三天、第四天……绅士还是没来。经理就去流浪汉聚集的地方，终于找到了他。

绅士脸上长出了白而短的乱须，身上散发着恶浊的气味，西服、领带以及华美的帽子全不见了，或许被他换了酒喝。此刻，他醉醺醺地躺在垃圾箱旁，只有那根手杖还枕在头下。

经理把他叫醒，说，美容师改变了你的外貌，但是他没有改变你的内心。所以，你还是你啊。现在，你乐意跟我走吗?

流浪汉站起身，跟着经理走了。后来，他终于从里到外成了新人。

改变一个人的外貌，也许几个小时就够了。美容师没有错，但改变一个人的精神，绝不是化妆品和纺织品能够胜任的。只有劳动和信仰，才能真正改变我们。

快乐之奖

一位悠闲的老人，守候在闹市区的一条繁华马路上。无数的行人从他身边匆匆掠过，如同群群鸥鸟飞越搁浅的轮船。老人睿智的目光巡视着众人的脸庞，不断地轻轻叹息。偶尔他会走到某位行人的面前，有礼貌地拦住他，悄声地说一句什么话，然后把一样东西塞进那人的手里，微笑着离开。

深夜了，老人回到一家俱乐部，对负责人说，我已经对每一个我确认的人，发放了奖金。

这是怎么回事?

原来这家富裕的俱乐部突发奇想，拿出了一大笔钱，委派对人的表情很有研究的专家，到城市最繁华的地带守候一天，由专家判定的每一位快乐的人，会得到一笔奖金。

负责人说，唔，你做得很好。只是，我猜想，那笔钱一定不够吧？

老人说，我连那些钱的一个零头都没有用完。整整一天，成千上万的人经过我面前，但是我能确认他是快乐的人，只有二十二名。

当我第一次看到这份资料的时候，十分诧异。正常人当中，快乐的人是如此地稀少吗？当我带着这团疑问，开始观察周围的时候，才发现，答案果然令人震惊。围绕我们的，多是惆怅的脸、忧郁的脸、焦灼的脸、愤懑的脸、谄媚的脸、悲怆的脸、呆板的脸、苦恼的脸、委屈的脸、讨好的脸、严厉的脸、凶残的脸……

快乐的脸如此罕见，仿佛黄梅季节的阳光。快乐的脸不是孤立无援的面具，在它的后面，是一颗快乐的心在支撑。快乐的奖无法发放，真是一个悲剧。

我期待着有一天，到处是由衷的快乐的欢笑的美好的脸，让那家俱乐部，发奖发得破了产。

九芒星的钥匙

有一个古老的传说，在宇宙中有一颗闪着九束霞光的星辰，叫做九芒星。九芒星是天堂的所在，人类如果最后抵达了那里，就会健康快乐，充满力量。九芒星有一枚钥匙，当众神缔造完了人类的那天傍晚，他们聚在一起，商量着把这枚伟大的钥匙究竟藏在哪里。既不能让人类很轻易地找到，也不能让人类总也找不到，永远浸泡于痛苦之中。

争论半天。有的说，把九芒星的钥匙扔入大海之峡，有的说，埋在雪山之巅，有的说，干脆裹进太阳的肚子里……但众神一想，这些地方随着人类的科技发达，总是可以找到的。讨论了很久，最后众神统一了意见，把九芒星的钥匙种在一个最好找又最不好找的地方，那就是——人类的心田。

众神很得意。这个地方，人类在最初的时候，是绝对想不起去寻找的。当他们搜遍天空海洋的每一朵云彩和每一粒水珠，踩踏了地球上的每一寸土地，还未曾找到天堂的钥匙的时候，也许他们会惆怅而思索地低下头来，察看自己的内心吧？

在每个人的星空，都有一颗九芒星。在每一颗九芒星的上面，都建有一座快乐的天堂。在每一座天堂的墙壁上，都镶着一扇需要打开的门。在每个人的心中，都藏着一枚九芒星的钥匙。

寻找你的九芒星钥匙吧。找到了，快乐和力量就像瀑布，从此充满了你的血脉。

天使和魔鬼的数量

一天，突然想就天使和魔鬼的数量，做一番民意测验。先问一个小男孩儿，你说是天使多啊还是魔鬼多？孩子想了想说，天使是那种长着翅膀的小飞人，魔鬼是青面獠牙要下油锅炸的那种吗？我想他脑子中的印象，可能有些中西合璧，天使是外籍的，魔鬼却好像是国产，就纠正说，天使就是好神仙，很美丽；魔鬼就是恶魔王，很丑的那种。简单点讲，就是好的和坏的法力无边的人。

小男孩儿严肃地沉默了一会儿，说，我想还是魔鬼多。

我穷追不舍地问，各有多少呢？

孩子回答，我想，有一百个魔鬼，才会有一个天使。

于是我知道了，在孩子的眼中，魔和仙的比例是一百比一。

又去问成年的女人。她们说，婴孩生下的时候，都是天使啊。人一天天长大，就是向魔鬼的路上走。魔鬼的坯子在男人里含量更高，魔性就像胡子，随着年纪一天天浓重。中年男人身上，几乎都能找到魔鬼的成分。到了老年，有的人会渐渐善良起来，恢复一点天使的味道。只不过那是一种老天使了，衰老得没有力量的天使。

我又问，你以为魔鬼和天使的数量各有多少呢？

女人们说，要是按时间计算，大约遇到十次魔鬼，才会出现一次天使。天使绝不会太多的。天使聚集的地方，就是天堂了。你看我们周围的世界，像是天堂的模样吗？

在这铁的逻辑面前，我无言以对，只有沉默。于是去问男人，就是被女人称为魔性最盛的那种壮年男子。他们很爽快地回答，天使嘛，多为小孩和女人，全是没有能力的细弱种类，缥缈加上无知。像蚌壳里面的透明软脂，味道鲜美但不堪一击。世界绝不可能都由天使组成，太甜腻太懦弱了。魔鬼一般都是雄性，虽然看起来丑陋，但腾云驾雾，肌力矫健。掌指间呼风唤雨，能量很大。

我说，数量呢？按你的估计，天使和魔鬼，各占世界的多少份额？

男人微笑着说，数量其实是没有用的，要看质量。一个魔鬼，可以让一打天使哭泣。

我固执地问下去，数量加质量，总有个综合指数吧？现在几乎一切都可用数字表示，从人体的曲线到原子弹的当量。

男人果决地说，世上肯定有许多天使，但在最终的综合实力上，魔鬼是“1”，天使是“0”。当然，“0”也是一种存在，只不过当它孤立于世的时候，什么也没有，什么也不是。不代表任一，不象征实体。留下的，唯有惨淡和虚无。无论多少个零叠加，都无济于事。圈环相套，徒然摞起一口美丽的黑井，里面蛰伏着天使不再飘逸的裙裾和生满红锈的爱情弓箭。但如果有了“1”挂帅，情境就大不一样了。魔鬼是一匹马，使整个世界向前，天使只是华丽的车轮，它无法开道，只有辚辚地跟随其后，用模糊的车辙掩盖跋涉的马蹄印。后来的人们，指着渐渐淡去的轮痕说，看！这就是历史。

我从这人嘴里，听到了关于天使和魔鬼最悬殊的比例，零和无穷大。

我最后问的是一位老年人。他慈祥地说，世上原是没有什么魔鬼和天使之分的，它们是人幻想出来的善和恶的化身。它们的家，就是我们的心。智者早已给过答复，人啊人，一半是天使，一半是魔鬼。

我说，那指的是在某一刻在某一个人身上。我想问的是古往今来，宏观地看，人群中究竟是魔鬼多，还是天使多？假如把所有的人用机器粉碎，离心沉淀，以滤纸过滤，被仪器分离，将那善的因子塑成天使，将那恶的渣滓捏成魔鬼，每一品种都纯正地道，制作精良。将它们壁垒分明地重新排起队来，您以为哪一支队伍蜿蜒得更长？

老人不看我，以老年人的睿智坚定地重复，一半是天使，一半是魔鬼。

不管怎么说，这是在我所有征集的答案里，对天使数目最乐观的估计——二一添作五。

我又去查书，想看看前人对此问题的分析判断。恕我孤陋寡闻，只找到了外国的资料，也许因为“天使”这个词，原本就是舶来的。

最早的记录见于公元4世纪，基督教先哲，亚历山大城主教、阿里乌斯教派的反对者圣阿塔纳西曾说过：“空中到处都是魔鬼。”

与他同时代的圣马卡里奥称魔鬼：“多如黄蜂。”

1467年，阿方索·德·斯皮纳认为当时的魔鬼总数为133316666名（多么精确！魔鬼的户籍警察真是负责）。

一百年以后，也就是16世纪中叶，约翰·韦耶尔认为魔鬼的数字没有那么多，魔鬼共有666群，每群6666个魔鬼，由66位魔王统治，共有四百多万名。

随着中世纪蒙昧时代的结束，关于魔鬼的具体统计数目，就湮灭在科学的霞光里，不再见诸书籍。

那么天使呢？在魔鬼横行的时代，天使人口是多少？这是问题的关键。

据有关记载，魔鬼数目最鼎盛的15世纪，达到1.3亿时，天使的数目是整整4亿!

我在这数字面前叹息。

人类的历史上，由于知识的蒙昧和神化的想象，曾经在传说中勾勒了无数魔鬼和天使的故事，在迷蒙的臆想中，在贫瘠的物质中，在大自然威力的震慑中，在荒诞和幻想中，天使和魔鬼生息繁衍着，生死搏斗着，留下无数可歌可泣的故事。祖先是幼稚的，也是真诚的。他们对世界的基本判断，仍使今天的我们感到震惊。即使是魔鬼最兴旺发达的时期，天使的人数也是魔鬼的三倍。也就是说，哪怕在最黑暗的日子里，天使依旧占据了这个世界的压倒性多数。

当我把魔鬼和天使的统计数据告诉他人的时候，不知为什么，许多人显出若有所失的样子，疑惑地问，天使，真的曾有75%那么多吗？

我反问道，那你以为天使应该有多少名呢？

他们回答，一直以为世上的魔鬼，肯定要比天使多得多！

为什么我们已习惯撞到魔鬼？为什么普遍认为天使无力？为什么越是对世界一无所知的孩童，越把魔鬼想象为无敌？为什么女人害怕魔鬼，男人乐以魔鬼自居？为什么老境将至时，会在估价中渐渐增加天使的数量？为什么当科学昌明，人类从未有过地强大以后，知道了世上本无魔鬼和天使，反倒在善与恶的问题上，大踏步地倒退，丧失了对世界美好事物的向往与依赖？

把魔鬼的力气、智慧、出现的频率和它们掌握的符咒，以及一切威力无穷的魑魅魍魉手段，整合在一起，我相信那一定是天文规模的数字。但人类没有理由悲观，要永远相信天使的力量。哪怕是单兵教练的时候，一名天使打败不了一个魔鬼，但请不要忘记，天使的数目，比起魔鬼来占了压倒性优势，团结就是力量。如果说普通人的团结都可点石成金，天使们的合力，一定更具有斗转星移的神功。

感谢祖上遗留给我们宝贵遗产，天使的基数比魔鬼多。推断下来，天使的力量与日俱增，也一定比魔鬼强大。这种优势，哪怕是只多出一个百分点，也是签发给人类光明与快乐的保证书。反过来说，魔鬼在历史的进程中，也必定是一直居于下风。否则的话，假如魔鬼多于天使，加上不搞计划生育，它们像苔藓一样蔓延，摩肩接踵，群魔乱舞，人间早成地狱。

人类一天天前进着，这就是天使曾经胜利和继续胜利的可靠证据。

更不消说，天使有时只需一个微笑，就会让整座魔鬼的宫殿坍塌。

拒绝分裂

分裂是个可怕的词。一个国家分裂了，那就是战争。一个家庭分裂了，那就是离异。一个民族分裂了，那就是苦难。整体和局部分裂了，那就是残缺。原野分裂了，那就是地震。天空分裂了，那就是黑洞。目光分裂了，那是斜眼。思想和嘴巴分裂了，那是心口不一。人的性格分裂了，那就是精神病，俗称疯子。

早年我读医科的时候，见过某些精神病人发作时的惨烈景象，觉得精神分裂症这个词欠缺味道，还不够淋漓尽致入木三分。随着年龄的增长和阅历的丰富，这才知道分裂的厉害。

分裂在医学上有它特殊的定义，这里姑且不论。用通俗点的话说，就是在我们的心灵和身体里，存在着两个司令部。一个命令往东，另一个指示往西或是往南，也可能往北。如同十字路口有多组红绿灯在发号施令，诸车横冲直撞，大危机就随之出现了。

分裂耗竭我们的心理能量，使我们衰弱和混乱。有个小伙子，人很聪明敏感，表面上也很随和，从来不同别人发火。他个矮人黑，大家就给他起外号，雅的叫白矮星，简称小白；俗的叫碌碡，简称老六。由于他矮，很多同学见到他，就会不由自主地胡噜一下他的头发，叫一声六儿或是小白，他不恼，一概应承着，附送谦和的微笑，因而人缘很好。终于，有个外校的美丽女生，在一次校际联欢时，问过他的名字后，好奇地说，你并不姓白，大家为什么称你小白？这一次，他面部抽搐，再也无法微笑了。女生又问他是不是在家排行第六，他什么也没说，猛转身离开了人声鼎沸的会场。第二天早上，在校园的一角发现了他的尸体。人们非常震惊，百思不得其解，有人以为是谋杀。在他留下的日记里，述说着被人嘲弄的苦闷，他写道：为什么别人的快乐要建立在我的痛苦之上？每当别人胡噜我头顶的时候，我都恨不得把他的爪子剁下来。可是，我不能，那是犯罪。要逃脱这耻辱的一幕，我只有到另一个世界去了……

大家后悔啊！曾经摸过他头顶的同学，把手指攥得出血，当初以为是亲昵的小动作，不想却在同学的心里刻下如此深重的创伤，直到绞杀了他的生命。悔恨之余，大家也非常诧异他从来没有公开表示过自己的愤怒。哪怕是只有一次，很多人也会尊重他的感受，收回自己的轻率和随意。

这个同学表面上的豁达，内心的悲苦，就是一个典型的分裂状态。如果你不喜欢这类玩笑和戏耍，完全可以正面表达你的感受。我相信，绝大多数人会郑重对待，改变做法。当然，可能部分人会恶作剧地坚持，但你如果强烈反抗，相信他们也要有所收敛。那些忍辱负重的微笑，如同错误的路标，让同学百无禁忌，终致酿成惨剧。

如果你愤怒，你就呐喊。如果你哀伤，你就哭泣。如果你热爱，你就表达。如果你喜欢，你就追求。

如果你愤怒，却佯作宽容，那不但是分裂，而且是混淆原则。如果你哀伤，却佯作欢颜，那不但是分裂，而且是对自己的污损。如果你热爱，却反倒逃避，那不但是分裂，而且是丧失勇气。如果你喜欢，却装出厌烦，那不但是分裂，而且是懦弱和愚蠢……

所有的分裂都是要付出代价的。轻的是那稍纵即逝的机遇，一去不复返。重的就像刚才说到的那位朋友，押上了宝贵的生命。最漫长而隐蔽的损害，也许是你一生郁郁寡欢沉闷萧索，每一天都在迷惘中度过，却始终不知道这是为什么。

一位女生，与我谈起她的初恋。其实恋爱是一个古老的话题，地球上曾经生活过的几百亿人都曾遭逢。但每一个年轻人，都以为自己的挫败独一无二。女生说她来自小地方，为了表示自己的先锋和前卫，在男友的一再强求下，和他同居了。后来，男友有了新欢抛弃了她。极端的忧虑和愤恨之下，女生预备从化工商店买一瓶硫酸。

你要干什么？我说。

他取走了我最珍贵的东西，我要把他的脸变成蜂窝。该女生网满红丝的眼睛，有一种母豹的绝望神情。

我说，最珍贵的东西，怎么就弄丢了？

女生语塞了，说，我本不愿给的，怕他说我古板不开放，就……

我说，既然你要做一个先锋女性，据我所知，这样的女性对无爱的男友，通常并不选择毁容。

女生说，可我忍不了。

我说，这就是你矛盾的地方了。你既然无比珍爱某样东西，就要千万守好，深挖洞，广积粮，藏之深山。不要被花言巧语迷惑，假手他人保管。你骨子里是个传统的女孩，你须尊重自己的选择。如果真要找悲剧的源头，我觉得是你和男友在价值观上有所不同。你在同居的时候崇尚“解放”，蔑视传统的规则。你在被遗弃的时候，又祭起了古老的道德。我在这里不作价值评判，只想指出你的分裂状态。你要毁他容颜，为一个不爱你的人，去触犯法律伤及生命，这又进入一个可怕的分裂状态了。人们认为恋爱只和激情有关，其实它和我们每个人的历史相连。爱情并不神秘，每个人都是背负着自己的世界观走向另一个人。

世上也许没有绝对的对和错，但有协调和混乱之分，有统一和分裂的区别。放眼看去，在我们周围，有多少不和谐、不统一的情形，在蚕食着我们的环境和心灵。

我们的身体，埋藏着无数灵敏的窃听器，在日夜倾听着心灵的对话。如果你生性真诚，却要言不由衷地说假话，天长日久，情绪就会蒙上铁锈般的灰尘。如果你不喜欢一项工作，却为了金钱和物质埋首其中，你的腰会酸，你的胃会痛，你会了无生活的乐趣，变成一架长着眼睛的机器。如果你热爱大自然，却被幽闭在汽油和水泥构筑的城堡中，你会渐渐惆怅枯萎，被榨干了活泼的汁液，压缩成一个标本。如果你没有相濡以沫的情感，与伴侣漠然相对，还要在人前做举案齐眉的恩爱夫妻状，那你会失眠会神经衰弱会得癌症……

这就是分裂的罪行。当你用分裂掩盖了真相，呈现出泡沫的虚假繁荣之时，你的心在暗中哭泣。被挤压的愁绪像燃烧的灰烬，火蛇无声地蔓延。将来的某一个瞬间，会嘭地燃放烈焰，野火四处舔舐，烧穿千疮百孔的内心。

分裂是一种双重标准。有人以为我们的心很大，可以容得下千山万水。不错，当我们目标坚定人格统一的时候，的确是这样。但当我们为自己设下了相左的方向，那相互抵消的劲道就会撕扯我们的心，让它皱缩成团，局促逼仄窒息难耐。

人是很奇怪的动物。如果你处在分裂的状态，你又要掩饰它，你就不由自主地虚伪。我听一位年轻的白领小姐说，她的主管无论在学识和人品上，都无法让她敬佩，可人在矮檐下，不得不低头。她怕主管发现自己的腹诽，就格外地巴结讨好甚至谄媚，结果虽然如愿以偿加了薪，可她不快乐、不开心。

我说，你可以只对她表示职务上、工作上的服从和尊重，而不臧否她的人品。

白领小姐说，我怕她不喜欢我。

我说，那你喜欢她吗？

白领小姐很快回答，我永远不会喜欢她。

我说，其实，我们由于种种的原因，不喜欢某些人，是完全正常的事情。不喜欢并不等于不能合作。如果你和你所不喜欢的上司，只保持单纯而正常的工作关系，这就是统一。但要强求如沐春风亲密无间，这就是分裂，它必然带来情绪的困扰和行动的无所适从。其结果，估计你的主管也不是个愚蠢女人，她会察觉出你的口是心非。

白领小姐苦笑说，她已经背后这样评价我了。

分裂的实质常常是不能自我接纳。我们压抑自己的真实感受，以为它是不正当、不光彩的，我们用一种外在的标准修正自己的心境和行为。这其实是一种自我欺骗，委屈了自己，也不能坦然对人。

有人说，找工作时，我想到这个单位，又想到那个机构，拿不定主意。要是能把两个单位的优点都集中到一起，就比较容易选择了。

有人说，找对象时，我想选定这个人，又想到那个人也不错，要是能把两个人的长处都放在一个人身上，那就很容易下定决心了。

当我们举棋不定的时候，通常就是一种分裂状态。你想把现实的一部分像积木一样拆下来，和另一部分现实组装起来，成为一个虚拟的世界。

这是对真实一厢情愿的阉割。生活就是泥沙俱下，就是鲜花和荆棘并存。尊重生活的本来面目，接受一个完整统一的真实世界，由此决定自己矢志不渝的目标，也许是应对分裂的法宝之一。

闭阖星云之眼

青年时代，我曾经有一段时间是一个悲观主义者，这也许是和我在西藏高原的经历有关。高原太辽阔了，人力太渺小了。雪峰太久远了，人生太短暂了。有时真是生出无尽的悲哀，觉得奋斗有什么用呢？百年之后，不还是一抔黄土？一个人的力量太微薄了，太平洋不会因为一杯沸水的倾倒而升高温度，这杯水却永远地消失了。

后来，我知道这种看世界的角度，被哲学家称为“银河”或“星云之眼”。从这个位置来看，我们和目所能及的所有生物都是微不足道，一切奋斗都显得荒凉和愚蠢，结局和发展都充满了不可言说的荒谬。一个人，和一只蚂蚁、一条蛆虫没有任何分别。从星云和银河的角度来看，人类轻渺如烟、无足挂齿。

这只眼振振有词，在逻辑上几乎是无懈可击的。你若真要遵循了这只眼的视角，会从根本上使生命枯萎凋落。

一些好高骛远的人，在遭受失败的时候，会拾起这只眼为自己开脱。因为所有的努力和不努力都混为一谈，他的失败也就顺理成章。一些胸无大志的人，在沉沦和荒靡的时刻，会躲在这只眼后面为自己寻找借口。因为一切都在虚无中，他的荒废光阴也就有了理论支点。一些游戏人生放弃光明的人，在黑暗中也眨巴着这只眼，似乎一切都是梦，清醒和昏迷并无分别……

你不要小看了这看似遥远而又神秘的星云之眼，如果你长期用这只眼注视世界，就会不由自主地灰心丧志。持久地沉浸其中，还有可能放弃生命。当我们从生活中抽离，成为袖手旁观的旁观者时，所有世俗的欢快和目标，就变得轻如鸿毛。

闭阖星云之眼吧。因为那不是你的位置，那是神的位置。摒弃那高处不胜寒的孤寂，回到充满生机又复杂多变的人间吧。僭越是危险的，我们今生为人，是一种福气。珍惜我们明察秋毫的双眼，可以仰视星空，却不要让自己轻飘飘地飞起来，到达星云的高度。那里，据说很冷，很黑，很荒凉。

那些让我们感到有内涵、有勇气、有坚持力的人，我坚信他们是有理想的。人很怪，只有理想这种东西，才能够提供源源不断的动力。

发出声音永远是有用的

如果你身为一个女性，请不要抱怨。这个世界就是如此地不平等，在你以前很久，就是这样了。在你以后很久，也会是这样。所以，它等待着你的降临和奋斗。你的降临和奋斗，也许什么也不能改变，也许能让它变得更美好一些，但起码这个世界因为有了你的存在，而有了希望。

有一年，我应邀到一所中学演讲。中国北方的农村，露天操场，围坐着几千名学生。他们穿着翠蓝色校服，脸蛋呈现出一种深紫的玫瑰红色。冬天，很冷。事先，我曾问过校方，不能找个暖和点的地方吗？校长为难地说，乡下学校，都是这种条件，凡是开全校大会，都在操场上。我说，其实不是在考虑自己，而是想孩子们可受得了。校长说，您放宽心好了，没事。农村孩子，抗冻着呢。

我从不曾在这样冷的地方讲过这么多的话。虽然，我以前在西藏待过，经历过零下四十度的严寒，但那时军人们急匆匆像木偶一般赶路，缄口不语，说话会让周身的热量非常快地流失。这一次，吸进冷风，呼出热气，在腊月的严寒中面对着一群眼巴巴的农村少年谈人生和理想，我口中吐冒一团团的白烟，像老式的蒸汽火车头。

演讲完了，我说，谁有什么问题，可以写张字条。这是演讲的惯例，我有什么地方说得不妥当，请大家指正。孩子们掏出纸笔，往手心哈一口热气，纷纷写起来。老师们很负责地在操场上穿行，收集字条。

我打开一张字条。上面写着：我很生气，这个世界是不平等的。比如，我为什么是一个女孩呢？我的爸爸为什么是一个农民，而我同桌的爸爸却是县长？为什么我上学要走那么远的路，我的同桌却坐着小汽车？为什么我只有一支笔，他却有那么大的一个铅笔盒……

我看着那一排钩子一样的问号，心想这是一个充满了愤怒的女孩，如果她张嘴说话，一定像冲出了一股乙炔，空气都会燃起蓝白的火苗。

我大声地把她的条子念了出来。那一瞬，操场上很静很静，听得见遥远的天边，有一只小鸟在嘹亮地歌唱。我从台子上望下去，一双双乌溜溜的眼珠，在玫瑰红色的脸蛋上瞪得溜圆。还有人东张西望，估计他们在猜测字条的主人。

据说孩子们在妈妈的肚子里，就能体会到母亲的感情。很多女孩子从那个时候，就感受到了这个世界的不平等，因为你不是一个男孩，你不符合大家的期望。

这有什么办法吗？没有。起码在现阶段，没有办法改变你的性别。你只有认命。我在这里说的“命”，不是虚无缥缈的命运，而是指你与生俱来的一些不能改变的东西。比如你的性别，比如你的相貌，比如你的父母，比如你降生的时间地点……总之，在你出生以前就已经具备的这些东西，都不是你所能左右的。你只能安然接受。

不要相信别人对你说的这个世界是平等的那些话。在现阶段，这只是一厢情愿。不过，你不必悲观丧气。其实，世界已经渐渐在向平等的灯塔航行。比如一百年前，你能到学堂里来读书吗？你很可能裹着小脚，在屋里低眉顺眼地学做女红。县长的儿子，在那个时候，要叫做县太爷的公子了，你怎么可能和他成为同桌？在争取平等的路上，我们已经出发了。

没有什么人承诺和担保你一生下来就享有阳光灿烂的平等。你去看看动物界，就知道平等是多么罕见了。平等是人类智慧的产物，是维持最大多数人安宁的策略。你明白了这件事情，就会少很多愤怒，多很多感恩。你已经享受了很多人奋斗的成果，你的回报就是继续努力，而不是抱怨。

身为女子，你不要对这样的不平等安之若素，你可以发出声音。说了和没有说，在暂时的结果上可能是一样的，但长远的感受和影响是不一样的，对你性格的发展是不一样的。而且，只要你不断地说下去，事情也许就会有变化。记住，发出声音永远是有用的，因为它们可能会被听到并引发改变。

说实话，让一个受到忽视的女孩子，很小就发出对于自己不公平待遇的呐喊，几乎是不可能的。但我思索再三，还是决定保留这个期望。因为今天的女子，也可能变成明天的母亲。如若她们因循守旧，照样端起了不平等的衣钵，如若她们的女儿发出呼声，也许能触动她们内在的记忆，事情就有可能发生变化。当然了，如果女孩子长大了，到了公共场合，这一条就更要记住并择机实施。记住，呐喊是必需的，就算这一辈子无人听见，回声也将激荡久远。

钱的极点

小时候猜一道智力题。问：从地球上的什么地方出发，无论往哪里走，都是朝向南？答案是：北极。

现在无论同谁聊天，无论从哪儿说起，都会很快谈到钱。钱成了当今社会的极点。

钱给人的好处是太多了，而且有许多人由于钱不多，而享受不到钱的好处。人对于得不到的东西就需要想象，想象的规律一般是将真实的事物美化。比如说，我们看到一位大眼睛戴口罩的女士，就会想她若摘了口罩，一定更是美丽动人。其实不然，口罩里很可能是一对暴牙齿，人家原是为了遮丑的。

我当过许多年的医生，虽是无钱之人，却凭医疗常识，想象钱的功能有限，理由是从人的生理结构而来。

钱能买来山珍海味，可再大的富豪也只有一个胃。一个胃的容积就那么大，至多装上两三斤的食物，外加一罐扎啤，也就物满为患了。你要是愣往里揣，轻则是慢性胃炎，重了就是急性胃扩张，后者还有生命危险呢。更不消说，长期的膏粱厚味，还会引起高胆固醇、糖尿病等疾病。所以说，那些因公而需长期大吃大喝的人，得了肥胖症，真是要算公伤的。

钱能买来绫罗绸缎。可再娇美的妇人也只有一副身段，一次只能向世人展现套在身体最外层的那套衣服。穿得太多了，就会捂出痱子。要是一天老换衣服，变成工作，就是时装模特儿了，和有钱人的初衷不符了。

再说人类延续种族愉悦自身的那个器官吧，更是严格遵循造物的规律，无论科学怎样进步，都不可能增补一套设备。假如无所节制，连原装的这一份都进入“绝对不应期”，且不用说那种种的秽病了。电线杆子上的那些招贴纸，是救不了命的。

人和动物在结构上实在是大同小异，从翩飞的蝴蝶到一只最小的蚂蚁，都有腹腔和眼睛。人和动物的最大区别就在于思想，而恰恰在这一面钢铁盾牌面前，金钱折断了蜡做的矛头。

比如理想，比如爱情，比如自由……都是金钱的盲点。它们可以因了金钱而卖出，却不会因了金钱而买进。金钱只是单向的低矮的闸门，永远无法积聚起情感的洪峰。

造物给予人的躯体是有限的，作为补偿，造物还人以无垠的精神。人的躯体的每一个细微之部，都是很容易满足的。你主观上想不满足，造物也不允许你。造物以此来制约人物质的欲望，鼓励思想的飞翔。于是人类在有了果腹的兽肉和蔽体的树叶之后，就开始创造语言、绘画和音乐……积蓄了一代又一代的精华，于是我们有了文学，有了艺术，有了哲学的探讨和对宇宙的访问……那都是永无穷尽的奥妙啊。只要人类存在一天，就会上天入地披肝沥胆地寻找与提炼。

我们现在是站在钱的极点上，但我们很快就会离开它。人们在新的一轮物质需要满足之后，回过头来仍然要皈依精神。

精神是人类最大的财富。在远没有金钱之前，人类就开始了精神的求索。人类最终也许将消灭金钱，但毫无疑问的是人类的精神永存。

像烟灰一样放松

有一位射击的朋友，极端地冷静。他常在非常危急的情势下，弹无虚发。我向他请教这其中的要领，他说，最大的诀窍是你要像烟灰一样放松。只有放松，全部潜在的能量才会释放出来，协同你达到完美。

我对他的话似懂非懂，但从此我开始注意以前忽略了的烟灰。烟灰非常松散，几乎是没有重量和形状的。它们懒洋洋地趴在那里，好像在冬眠。其实，在烟灰的内部，栖息着高度警觉和机敏的鸟群，任何一阵微风掠过，哪怕只是极清淡的叹息，它们都会不失时机地腾空而起驭风而行。它们的力量来自放松，来自一种飘扬的本能。本身没有结构，没有动力，甚至是微不足道的烟灰，却能够利用能量，飞向远方。

人们啊，需要常常提醒自己，像烟灰一样放松。放松不是无所事事，不是听天由命，不是随波逐流。放松是一种高度的自信，放松是一种磨炼之后的整合，放松是举重若轻玉树临风。当你放松的时候，你所有的岁月和经验，你的勇气和智慧，便都厉兵秣马集合于你内心，情绪就会安然从容，勇气就会源源不断。你不一定能胜利，但你能竭尽全力去参与过程。

每天都冒一点险

“衰老很重要的标志，就是求稳怕变。所以，你想保持年轻吗？你希望自己有活力吗？你期待着清晨能在对新生活的憧憬中醒来吗？有一个好办法啊——每天都冒一点险。”

以上这段话，见于一本国外的心理学小册子。像给某种青春大力丸做广告。本待一笑了之，但结尾的那句话吸引了我——每天都冒一点险。

“险”有灾难狠毒之意。如果把它比成一种处境、一种状态，你说是现代人碰到它的时候多呢，还是古代甚至原始时代碰到它的机会多呢？粗粗一想，好像是古代多吧？茹毛饮血刀耕火种的，危机四伏。细一想，不一定。那时的险多属自然灾害，虽然凶残，但比较单纯。现代了，天然险这种东西，也跟热带雨林似的，快速稀少，人工险增多，险种也丰富多了。以前可能被老虎毒蛇害掉，如今是坠机车祸失业污染之伤。以前是躲避危险，现代人多了越是艰险越向前的嗜好。住在城市里，反倒因为无险可冒而焦虑不安。一些商家，就制出“险”来售卖，明码标价。比如“蹦极”这事，实在挺惊险的，要花不少钱，算高消费了。且不是人人享用得了的，像我等体重超标，一旦那绳索不够结实，就不是冒一点险，而是从此再也用不着冒险了。

穷人的险多呢还是富人的险多呢？粗一想，肯定是穷人的险多，爬高上低烟熏火燎的，恶劣的工作多是穷人在操作，就是明证。但富人钱多了，去买险来冒，比如投资或是赌博，输了跳楼饮弹，也扩大了风险的范畴。就不好说谁的险更多一些了。看来，险可以分大小，却是不宜分穷富的。

险是不是可以分好坏呢？什么是好的冒险呢？带来客观的利益吗？对人类的发展有潜在的好处吗？坏的冒险又是什么呢？损人利己夺命天涯？

嘿！说远了。我等凡人，还是回归到普通的日常小险上来吧。

每天都冒一点险，让人不由自主地兴奋和跃跃欲试，有一种新鲜的挑战性。我给自己立下的冒险范畴是：以前没干过的事，试一试。当然了，以不犯法为前提。以前没吃过的东西，尝一尝，条件是不能太贵，且非国家保护动物。（有点自作多情。不出大价钱，吃到的定是平常物。）

目标定下，即有蠢蠢欲动之感。可惜因眼下在北师大读书，冒险的半径范围较有限。清晨等车时，悲哀地想到，“险”像金戒指，招摇而靡费。比如到西藏，可算是大众认可的冒险之举，走一趟，费用可观。又一想，早年我去那儿，一文没花，还给每月六元的津贴，因是女兵，还外加七角五分钱的卫生费。真是占了大便宜。

车来了。在车门下挤得东倒西歪之时，突然想起另一路公共汽车，也可转乘到校，只是我从来不曾试过这种走法，今天就冒一次险吧。于是抽身退出，放弃这路车，换了一条新路线。最后七绕八拐，挤得更甚，费时更多，气喘吁吁地在差一分钟就迟到的当儿，闯进了教室。

不悔。改变让我有了口渴般的紧迫感。一路连颠带跑的，心跳增速，碰了人不停地说对不起，嘴巴也多张合了若干次。

今天的冒险任务算是完成了。变换上学的路线，是一种物美价廉的冒险方式，但我决定仅用这一次，原因是无趣。

第二天冒险生涯的尝试是在饭桌上。平常三五同学合伙吃午饭，AA制，各点一菜，盘子们会聚一堂，其乐融融。我通常点鱼香肉丝、辣子鸡丁类，被同学们讥为“全中国的乡镇干部都是这种吃法”。这天凭着巧舌如簧的菜单，要了一客“柳芽迎春”，端上来一看，是柳树叶炒鸡蛋。叶脉宽得如同观音净瓶里洒水的树枝，还叫柳芽，真够谦虚了。好在碟中绿黄杂糅，略带苦气，味道尚好。

第三天的冒险颇费思索。最后决定穿一件宝石蓝色的连衣裙去上课。要说这算什么冒险啊，也不是樱桃红或是帝王黄色，蓝色老少咸宜，有什么穿不出去的。怕的是这连衣裙有一条黑色的领带，好似起锚的水兵。衣服是朋友所送，始终不敢穿的症结正因领带。它是活扣，可以解下。为了实践冒险计划，鼓足了勇气，我打着领带去远航。浑身的不自在啊，好像满街筒子的人都在端详议论。仿佛在说：这位大妈是不是有毛病啊，把礼仪小姐的职业装穿出来了？极想躲进路边公厕，一把揪下领带，然后气定神闲地走出来。但为了自己的冒险计划，我咬着牙坚持了下来。走进教室的时候，同学友好地喝彩，老师说，哦，毕淑敏，这是我自认识你以来，你穿的最美丽的一件衣裳。

三天过后，检点冒险生涯，感觉自己的胆子比以往爹了一点。有很多的束缚，不在他人手里，而在自己心中。别人看来微不足道的一件事，在本人，也许已构成了鞬鞘般的裹挟。突破是一个过程，首先经历心智的拘禁，继之是行动的惶惑，最后是成功的喜悦。

没有一棵小草自惭形秽

被人邀请去看一棵树，一棵古老的树。大约有五千年的历史，已被唐朝的地震弯折了腰，半匍匐着，依然不倒，享受着人们尊敬的注视。

我混在人群中直着脖子虔诚地仰望着古树顶端稀疏的绿叶，一边想，人和树相比是多么地渺小啊。人生出来，肯定是比一粒树种要大很多倍，但人没法长得如树般伟岸。在树小的时候，人是很容易就把树枝包括树干折断，甚至把树连根拔起，树就结束了生命。就算是小树长成了大树，归宿也是被人伐了去，修成各种各样实用的物件。长得好的树，花纹美丽木质出众，也像美女一样，红颜薄命，被人劫掠的可能性更大，于是很多珍贵的树种濒临灭绝。在这一点上，树是不如人的。美女可以人造，树却是不可以人造的。

树比人活得长久，只要假以天年，人是绝对活不过一棵树的。树并不以此傲人，爷爷种下的树，照样以累累果实报答那人的孙子或是其他人的后代。

通常情况下，树是绝对不伤人的。即便如前几天报上所载一些村民在树下避雨，遭了雷击致死，那元凶也不是树，而是闪电，树也是受害者。人却是绝对伤树的，地球上森林数量的锐减就是明证，人成了树的天敌。

树比人坚忍。在人不能居住的地方，树却裸身生长着，不需要炉火或是空调的保护。树会帮助人的，在饥馑的时候，人扒过树的皮以充饥，我们却从未听到过树会扒下人的什么零件的传闻。

很多书籍记载过这棵古树，若是在树群里评选名人的话，这棵古树是一定名列前茅了。很多诗人词人咏颂过这棵古树，如果树把那些词句都当作叶子一般披挂起来，一定不堪重负。唐朝的地震不曾把它压倒，这些赞美会让它扑在地上。

树的寿命是如此地长久，居然看到过妲己那个朝代的事情。在我们死后很多年，这棵古树还会枝叶繁茂地生长着。一想到这一点，无边的嫉妒就转成深深的自卑。作为一个人活不了那么久远，伤感让我低下头来，于是我就看到了一棵小草，一棵长在古树之旁的小草。只有细长的两三片叶子，纤细得如同婴儿的睫毛。树叶缝隙的阳光打在草叶的几丝脉络上，再落到地上，阳光变得如绿纱一样飘浮了。

这样一株柔弱的小草，在这样一棵神圣的树底下，一定该俯首称臣毕恭毕敬了吧？我竭力想从小草身上找出低眉顺眼的谦卑，最后以失望告终。这棵不知名的小草，毫无疑问是非常渺小的。就寿命计算，假设一岁一枯荣，老树很可能见过小草五千辈以前的祖先。就体量计算，老树抵得过千百万小草集合而成的大军。就价值来说，人们千里万里路地赶了来，只为瞻仰老树，我敢肯定，没有一个人是为了探望小草。

既然我作为一个人，都在古树面前自惭形秽了，小草你怎能不顶礼膜拜？我这样想着，就蹲下来看看小草。在这样一棵历史久远、声名卓著的古树身边为邻，你岂不要羞愧死了？

小草昂然立着，我向它吐了一口气，它就被吹得蜷曲了身子，但我气息一尽，它就像弹簧般伸展了叶脉，快乐地抖动着。我再吹一口气，它还是在弯曲之后怡然挺立。我悲哀地发现，不停地吹下去，有我气绝倒地的一刻，小草却安然。

草是卑微的，但卑微并非指向羞惭。在庄严的大树身旁，一棵微不足道的小草都可以毫不自惭形秽地生活着，何况我们万物灵长的人类!

没有人是一座孤岛

生活是由无穷无尽的关系组成的。

你应该从中分辨出最重要的关系和相对次要的关系。比如你和食物的关系，就比你和小学同学的关系更密切。

食物是你每天都要和其发生关联的事物，它们要进入你的身体。小学同学，除了极个别的，都已成了回忆。

六十多年前，美国作家海明威说过：

“谁都不是一座孤岛，自成一体。任何人的死亡都使我有所缺损，因为我与人类难解难分。所以，千万不要去打听丧钟为谁而鸣，丧钟为你而鸣。”

人是一定要有一种联结感，这就是我们的命运。

每个人都与他人相联，断裂的时候才空旷无助。不过，不要失望，还会有新的联结发生，这就是自然法则。

购买经验的金币

我不怕矛盾，也不怕纷乱。

如果只有清一色的说法，那么结论也就非常简单了。世界之所以有趣和千姿百态，就因为它们冲突着、统一着，有各种各样的可能性，因此神出鬼没。

在美国的地铁上，我看到一帮参加夏令营的孩子，他们穿着肥大的T恤衫，上面印着一行字“团结是为了差异”。意思是，我们团结起来，并不是抹杀各自的特性，而正是为了保存彼此的不同。真是一个有特色的口号。

经验这种东西，通常都是在危险的情形下学到的。如果总是在安全中，那么人也只会应对平静。做人太舒服的时候，就没有改变。

话虽这样说，真正事到临头的时候，还是很畏惧。特别是对待自己的孩子，只想让他平安顺遂。

有一宗广告，说做父母的总想把世界上最好的东西都给孩子。我能理解这种心情，不过，什么是最好的东西呢？除了推荐名牌奶粉之外，还有面对大千世界的经验。

而经验这种东西，是普通的金钱买不到的。购买经验的金币，就是危难。

示弱的力量

如果你从不出错，这是一个悲剧。一是自己太累，二是你周围的人会视你为怪物。让自己在无伤大雅的时候出一点小差错，不会暴露出你的无能，只会彰显出你的可爱。

太多的女人是完美主义者。比如她们不能容忍自己的饭菜咸了或是淡了，因此会耿耿于怀。比如她们不能接受自己好不容易挑选的百货，在另外一家卖场，居然看到了更便宜的价签。她们力求把最小的事也完成得完美无瑕。如果有了瑕疵，就会耿耿于怀闷闷不乐，长久地沉浸在遗憾之中。小事都如此，大事你尽可想见她们是如何锱铢必较精益求精。结局是百密一疏，总有疏漏。这世上本没有十全十美之事，就算有，也未必次次都宠幸于你。于是此类女子，就无法享有片刻的彻底放松。

如果你意识到自己是一个完美主义者，如果你想改正，我教你一个小方法。那就是——卖个破绽与你。早年间，看中国的旧式小说，两军交战，常常是武艺高强的那一方，却抵挡不过武艺稍差的那一方，文中会写道：“卖个破绽与他，拍马便走……”那之后，往往有一番密谋的周旋。卖个破绽，就是明显地示弱了。

有完美主义倾向的女子，刚开始改正这个毛病的时候，其实挺痛苦的。这就好比原本可以吃三碗饭，却吃了一碗就放下筷子，心里发虚。改正缺欠，不但需要意志顽强，也需要循序渐进。在一些不甚重要的事上，先放手，容忍缺憾和不足，这也是让自己从完美主义的泥潭中拔出脚来的奠基石。

记住啊，示弱就是你破除自己完美魔咒的一个小裂口。示弱之后，你会发现，做一个不完美的人是需要勇气的，也是有乐趣的。因为，世界本来就是不完美的，我们不过是顺势而为。

好心态

一个健全的心态，比一百种智慧都更有力量。

现在把智商炒得火热，可是我总觉得很多事情没办好，不是我们的智商不够，而是心态不稳。心理现在也成了一个几乎被说滥了的词。棋下输了，会说，其实是在心理上输了。跳水砸了，会说不是技不如人，而是心理上的问题。考试慌张，没能考出应有的成绩，自然也是心理上的毛病了……凡此种种，还可以举出很多。有时心想，心理问题变成了一个大箩筐，什么东西都可以丢进去。

不过，心理还真是一个大箩筐，也许它的容积，比我们想象的更大。我们的大脑，虽说是整个机体的总司令，但其实只占了整个身体能量的一小部分。还有一大部分，是习惯成自然，类乎山高皇帝远的封建诸侯国，自成体系。也就是说，机体几乎是在独立自主的情形下，下意识地完成着很多重要工作。比如，正常时分，你能知道自己的胃肠道是如何消化食物的吗？能知道自己的血压是如何调整的吗？想必大多数人一脸茫然。

如果人们紧张慌乱手足无措，诸侯小国也顿时进入了非常状态。放弃了平日的稳定和协调，乱成一锅粥，其后果不堪设想。这就是为何在比赛中，有的选手会因为过度紧张，犯一些不可思议的低级错误。

说到底，也没什么不可思议的。紧张几乎是万恶之源，一旦机体进入了不协调状态，我们会词不达意、手足无措、丢三落四、张口结舌、漏洞百出、匪夷所思……总之，各种谬误风起云涌，让人防不胜防。

有人看到这里，就会很悲观，说照你这样一讲，岂不就没救了？无论我们事先准备得如何好，到时候，神通广大的潜意识一作乱，我们就前功尽弃、毁于一旦了啊！的确是这样。平日锻炼自己养成健全的心态，遇事冷静不慌，全部身心高度协调，这比智慧更重要。

机遇是心灵的阅兵

在各行各业取得成功的人们，在拥有才情之外，一定还拥有强大的心灵。成功比试的不仅仅是才能，更重要的是韧性。即使没有公认的成功，也要有品尝幸福的能力，这就更取决于心灵的健全，而不仅仅是才能的显赫了。

才能这个东西，比较有办法弥补。只要不是那些需要才思铺天盖地喷如泉涌的事业，就可以用外力来加以补充。大家都知道“勤能补拙”的原则，都知道“笨鸟先飞”的故事，都记得“磨刀不误砍柴工”的诀窍，都会说“百分之一的才能，百分之九十九的汗水”之类的格言，这些都是补偿之法。

不过，世上的成功，除了才能之外，还有机遇。有人以为机遇是一种看不见摸不着的小概率事件，基本上和被闪电劈着差不多，这是误解。

机遇的降临，看起来好像取决于那个执掌机遇的人，领受者不过是被动地承接，其实不然。我们常常听到一个人不是为了名利而帮助别人，却不料那个被帮助的人将一个绝好的机会，赐予了帮助者。我们在羡慕该人轻而易举获得好运的时候，多半忘了他也许曾经这样帮助过很多人，绝大多数都无声无息地湮灭了，只有这一次金光灼灼。

有的人会不遗余力地学习各种知识。这些知识，分散开来，都是普通的学问和技能，无甚出奇。但是当它们密集地集中到一个人身上的时候，就显出了某种非同凡响的优势。

我认识一个小伙子，他学习了驾驶，学习了烹调，学习了英语，学习了会计，最后，还学习了擒拿格斗。怎么样？分门别类地看，都很平凡吧？可你想一想，一个会计，还会武功，英语熟练，开车又稳当，还做得一手好饭……他找到一个给某成功人士当贴身秘书的好工作，是不是顺理成章的事？

机遇其实是对人的心理素质的一次大阅兵。

你能不能抱定了前进的目标，持之以恒，在看不到希望的时候，不气馁不逃避，依然顽强地努力，乐观地积攒自己的力量和本领？

如果你真的能做到这些，机遇的概率就越来越大了。

节气是一种命令

夏初，买菜。老人对我说，买我的吧。看他菜摊，好似堆积着银粉色的乒乓球，西红柿摞成金字塔样。拿起一个，柿蒂部羽毛状的绿色，很翠硬地硌着我的手。我说，这么小啊，还青。远没有冬天时我吃的西红柿好呢。

老人显著地不悦了，说，冬天的西红柿算什么西红柿呢？吃它们哪里是吃菜？分明是吃药啊。

我很惊奇，说怎么是药呢？它们又大又红，灯笼一般美丽啊。

老人说，那是温室里煨出来的，先用炉火烤，再用药熏。让它们变得不合规矩地胖大，用保青剂或是保红剂，让它比画的还好看。人里面有汉奸，西红柿里头也有奸细呢。冬天的西红柿就是这种假货。

我惭愧了。多年以来，被蔬菜中的骗局所蒙蔽。那吃什么菜好呢？我虚心讨教。

老人的生意很清淡，乐得教诲我。口中唾钉一般说道——记着，永远吃正当节令的菜。萝卜下来就吃萝卜，白菜下来就吃白菜。节令节令，节气就是令啊！夏至那天，太阳一定最长。冬至那天，亮光一定最短。你能不信吗？不信不行。你是冬眠的狗熊，到了惊蛰，一定会醒来。你是一条长虫，冷了就得冻僵，会变得像拐棍一样打不了弯。人不能心贪，你用了种种的计策，在冬天里，抢先吃了只有夏天才长的菜，夏天到了，怎么办呢？再吃冬天的菜吗？颠了个儿，你费尽心机，不是整个瞎忙活吗？别心急，慢慢等着吧，一年四季的菜，你都能吃到。更不要说，只有野地里，叫风吹绿的菜叶，太阳晒红的果子，才是最有味道的。

我买了老人家的西红柿，慢慢地向家中走。他的柿子虽是露地长的，质量还有推敲的必要，但他的话，浸着一种晚风的霜凉，久久伴着我。阳光斜照在网兜上，那堆略带柔软的银粉色，被勒割出精致的纹路，好像一幅生长的印谱。

人生也是有节气的啊。

春天就做春天的事情，去播种。秋天就做秋天的事情，去收获。夏天游水，冬天堆雪。快乐的时候笑，悲痛的时分洒泪。

少年须率真，过于老成，好比施用了植物催熟剂，早早定了型，抢先上市，或许能卖个好价钱，但植株不会高大，叶片不会紧密，从根本上说，该归入早夭的一列。老年太轻狂，好似理智的幼稚症，让人疑心脑幕的某一部分让岁月的虫蛀了，连缀不起精彩的长卷，包裹不住漫长的人生。

时尚有句俗话——您看起来比实际的岁数年轻。听得人把它当作一句恭维或是赞美，说的人把它当作万灵的廉价礼物。我总猜测这话的背后，缩着上帝的一张笑脸。

比实际的年龄年轻，就分明是好的、美的、值得庆贺的吗？

比实际的年龄苍老，就分明是坏的、丑的、值得悲怆的吗？

那人何必还要长大？还需成熟？龟缩在婴儿的蜡烛包里，永远用着尿不湿，岂不是最高等级的优越？

小的人希冀长大，老的人祈望年轻。这种希望变更的子午线，究竟坐落在哪一扇生日的年轮？与其费尽心机地寻找秘诀，不如退而结网，锻造出心灵与年龄同步的舞蹈。

老是走向死亡的阶梯，但年轻也是临终一跃前长长的助跑。五十步笑百步，不必有过多的惆怅或是优越。年轻年老都是生命的流程，不必厚此薄彼，显出对某道工序的青睐或是鄙弃，那是对造物的大不敬，是一种浅薄而愚蠢的势利。人们可以濡养机体的青春，但不要忘记心灵的疲倦。

死亡是生命最后的成长过程，有如银粉色的西红柿被摘下以后，在夕阳中渐渐地蔓延成浓烈的红色。此刻你只有相信，每一个西红柿里都预设了一个机关，坚定不移地服从节气的指挥。

让我们彼此善解人意

善解人意通常是一个优点，但太过善解人意就成了缺点。你无法发现自己的真正想法，它刚一冒头，就淹没在他人意愿的滔天洪水之中了。善解人意的表达在有些时候就变成了“讨好”。

在人们的印象里，善解人意是个褒义词，尤其是贤惠女子的必备条件。君不见征婚启事中，众多男人都要求将来成为自己妻子的女人要善解人意。这其实是半句话，下半句话是什么呢？就是你既然懂得了我的意思，就请照我的意思去执行吧。

他们为什么不把下半句话也明明白白地说出来呢？因为理论上大家都是平等的，不好意思说“将来在家里，要以我的意见为主”这样独裁霸道的话，就偷梁换柱改换成了这种看似美德，实际上是不平等条约的要求。

如若不信，那么我们换一种说法。如果我们夸赞哪个男生最出众的品质是“善解人意”，恐怕人们会嗤之以鼻，觉得这个人是不是女里女气的，没点男子汉的气概啊。

这就是“善解人意”的苦涩内核。

所以，如果说这世界上真有“善解人意”的优点，你首先要善解自己的意思。不要牺牲了自我，去成全别人的意思。你的“人意”我要能解，我的“人意”请你也要能解，大家彼此都善解人意，游戏才可以长久地玩下去。

今世的五百次回眸

佛说，前世的五百次回眸，才换来今生的擦肩而过。顿生气馁，这辈子是没得指望了，和谁路遇和谁接踵，和谁相亲和谁反目，都是命定，挣扎不出。特别想到我今世从医，和无数病患咫尺对视。若干垂危之人，我手经治，每日查房问询，执腕把脉，相互间凝望的频率更是不可胜数，如有来世，将必定与他们相逢，是赖不脱躲不掉的。于是这一部分只有作罢，认了就是。但尚余一部分，却留了可以掌握的机缘。一些愿望，如果今生屡屡瞩目，就埋了一个下辈子擦肩而过的伏笔，待到日后便可再接再厉地追索和厮守。

今世，我将用余生五百次眺望高山。我始终认为高山是地球上最无遮掩的奇迹。一个浑圆的球，有不屈的坚硬的骨骼隆起，离太阳更近，离平原更远，它是这颗星球最勇敢最孤独的犄角。它经历了最残酷的折叠，也赢得了最高耸的荣誉。它有诞生也有消亡，它将被飓风抚平，它将被酸雨冲刷，它将把溃败的机体化作肥沃的土地，它将在柔和的平坦中温习伟大。我不喜欢任何关于征服高山的言论，以为那是人的菲薄和短视。真正的高山是不可能被征服的，它只是在某一个瞬间，宽容地接纳了登山者，让你在它头顶歇息片刻，给你一窥真颜的恩赐。如同一只鸟在树梢啼叫，它敢说自己把大树征服了吗？山的存在，让我们永葆谦逊和恭敬的姿态，知道在这个世界上，有一些事物必须仰视。

今生，我将用余生一千次不倦地凝望绿色。我少年戍边，有十年的时间面对的是皑皑冰雪，看到绿色的时间已经比他人少了许多。若是因为这份不属于我选择的怠慢，罚我下辈子少见绿色，岂不冤枉死了？记得在千百个与绿色隔绝的日子之后，我下了喀喇昆仑山，在新疆叶城突然看到辽阔的幽深绿色之后，第一反应竟是悚然，震惊中紧闭了双眼，如同看到密集的闪电。眼神荒疏了忘却了这人间最滋润的色彩，以为是虚妄的梦境。就在那一瞬，我皈依了绿色。这是最美丽的归宿，有了它，生命才得以繁衍和兴旺。常常听到说地球上的绿地到了××年末就全部沙化了，那是多么恐怖的期限。为了人类的长盛不衰，我以目光持久地祷告。

今生，我将一万次目不转睛地注视人群。如果有来生，我期望还将成为他们中的一员，而不是其他的什么动物或是植物。尽管我知道人类有那么多可怕的弱点和缺陷，我还是为这个物种的智慧和勇敢而赞叹。我做过一次人类了，我知道了怎样才能更好地做人，做人是一门长久的功课，当我们刚刚学会了最初的运算，教科书就被合上。卷子才答了一半，收卷的铃声就响了，岂不遗憾？

把自己喜欢的事一一想来，我还要看海看花，看健美的运动员，看睿智的科学家，看慈祥的老人和欢快的少女，当然还有无邪的小童，突然就笑了。想我这余生，也不用干其他的事了，每天就在窗前屋后呆呆地看山看树看人群吧，以求个来世的擦肩而过。这样一路地看下去，来世的愿望不知能否得逞，今生的时光可就白白荒废了。于是决定，从此不再东张西望，只心定如水，把握当前。

不为虚渺的擦肩而过，而把余生定格在回眸之中。喜欢山所表达的精神，就游历和瞻仰山的峭拔和广博，期望自己也变得如此坚强。喜欢绿色和生命，喜爱人的丰饶和宝贵，就爱惜资源，尊重自己，也尊重他人。

自助者天助之

学会不怨天尤人，勇敢地负起自己应该负起的责任，这是一种美德，并且会给自己带来意想不到的礼物，那就是——你将一手造就自己的经历，为自己带来好运气。

我一直很相信这样一种说法——当你坚定地承担责任勇往直前的时候，天地万物好像听到了一个指令，会齐心协力地帮助你、提携你。于是，贵人也出现了，机会也在最不可能滋生的崖缝中，露出了细芽。

我有时自己也想不通，这不是迷信吗？天下万物怎么会听从一个指令呢？它们的耳朵在哪里？它们的听力如何？这个指令是什么人发出来的呢？它用的是何种语言？

想不通啊想不通！但现实中确实有这样的故事，我听到很多人这样说过，在充满了感动的同时，也充满了疑惑。想啊想，我终于理出了一点头绪。

那个帮你忙的指令，其实出自你的内心。一个人，如果他是积极向上永不妥协的，那么，他的一举一动一笑一颦，都会放射出这种不屈的信息。这就像香草就要发出烘烤般的酥香气息，拦也拦不住，堵也堵不了。所有经过他身边的人，都会看到这种灼热光华，如同走过夜明珠的身旁。

我坚信，很多人在内心里，是愿意帮助别人的。特别是这种帮助并不会带给自身重大损失的时候，很多人都愿意伸出友谊之手。

这种手，有的时候是一个机遇，给谁都是给，为什么不给一个让我们心生好感的人呢？为什么不给一个让人们心怀敬重的人呢？为什么不给一个具备美德的人呢？于是你就得到了它。

有的时候，援手是一个信息。因为你让对方感到愉悦，人在愉悦的时候就会浮想联翩。施助者的潜意识喜欢你，就想——也许这个消息对这个人会有益处呢？于是，它把这句话送到了主人的嘴边。很可能连主人都没有意识到这种好感和这条信息之间的关联，但勤快的潜意识就麻利地把事情给办妥了，没想到不经意间，这便成就了你的新生。

更多的时候，援手是一点小钱。这对有钱人算不得什么，对贫困中的人，却是天降甘露。你可能因为有了这一点小钱，而获得了转机，迎来了拐点。这对于施恩之人来说，很可能只是举手之劳。钱和钱的概念有时有天壤之别，用处也大相径庭，钱是会玩魔术的。

援手有的时候只是鼓励和关爱。虽然鼓励和关爱并不需要太大的付出，但人们只会鼓励那些和自己的人生大目标相投的人，会关爱和自己的爱好信仰相符的人。

一个人只有在光明磊落的时候，才会不避讳自己的奋斗目标，才会在很多不经意的瞬间显示出美德和惹人怜爱的细节。而这些，恰好具有打动人心的力量，奇迹就慢慢地显影了。

世界上的事，都是因人而异。对你难于上青天的事，对另外一些人不过是小菜一碟。所以，先锤炼你的人格和目标吧。当它们光彩照人的时候，机遇就在不知不觉中降临了。

这没有什么可神秘的，只要你像雏鹰，无数次张开翅膀，有一次正好刮过来了风，那是一股上升的气流。如果你蜷曲在巢中，无论刮过怎样的风，对你都只是寒冷。

对自己诚实一点

当你企图在两个不同的自我之间游走时，你在生活中的形象就变得复杂混乱，你面临的形势也更加琢磨不透，甚至你的身体也无所适从了。

我们总是希图表现得比我们实际的情况要好一些。

好比我们小的时候，如果有客人要来，我们会被父母要求："你要乖一些啊！"等到客人走了，父母会说："好了，现在你可以放松一下了。"这些都是很平常的话，却在不知不觉中给我们留存了一个印象——你要在某些特殊的场合和人物面前，努力表现得比你实际拥有的状况更好。

什么是更好呢？

就是按照世俗的标准，我们要更聪明、更好学、更勤劳、更大度、更幽默、更有责任感、更勇敢、更……还可以举出更多的“更”。总之，是比你本人更完美。

这个主观动机可能并不是太坏。爱美之心，人皆有之嘛!

不过，这就形成了一个习惯。我们把一个不真实的自我呈现在别人面前，并以为这才是可爱的，才是有价值的。而那个真实的自我，则是上不得台面的残次品，是应该被掩藏和遮盖的。

这就是自我形象的分裂。我们不喜欢真实的自我，我们把一个乔装打扮的“假我”拿给大家看。当这个“假我”被人欢迎和夸赞的时候，我们一方面沾沾自喜，觉得自己成功地扮演了一个角色，而这个角色就是别人眼中的“我”。另外一方面，我们的自卑加重了，我们知道外界的评价都是给予那个不存在的“我”，真实的我反倒像灰姑娘一样，躲在角落里捡煤渣。

长久下去，我们就变成了一个分裂的人。

这种现象，比比皆是。比如我们常常听到女性朋友说，结婚以后，他的真面目暴露出来了，我几乎不敢相信他和结婚前是同一个人。

也有的领导会说，这个人是我招聘的，当时看他十分勤快，想不到真的走上岗位以后，却非常懒惰，毫无工作的主动性。

以上这两个例子，最后是以离婚和炒鱿鱼作结。可见，伪装的自我，可以骗人一时，却不能矫饰久远，最后吃亏的还是你。

如果你觉得真实的自我还不够完善，那么最好的方法，是让自己渐渐变得完善起来，而不是敷衍、遮盖或欺骗。那样的话，自己很辛苦不说，离完美是越来越远。再有，天下的人都不是傻子，你装得了一时三刻，却没有法子永远生活在一个不属于你的光环中。一旦被人家识破，你被减分更多。

我年轻的时候，心其实很累。因为总想表现得比自己真实的状态更好一些，便不由自主地要作假。明明不快乐，怕被人看出，以为是思想问题，就表现出欢天喜地的兴奋。对领导有意见，怕领导对自己看法不良，影响进步，就故意在领导面前格外卖力地工作。其实，那彼此的不融洽，大家心知肚明。在会议上有不同意见，因为判断出自己是少数，就放弃主见随大流，默不作声……凡此种种，以为是老练的举措，都让我做人辛苦，不胜其烦。

后来，终于明白了，要以自己的真实面目示人。没有必要取悦他人，没有必要委屈自己。这样做了以后，我本以为机会一定要少很多，因为抱定了破釜沉舟的决心，只求这一生做一个真实的自我，付出代价也认了。不想，却多了朋友，多了机缘。

思来想去，原来大家都更喜欢真实的东西。你真实了，自己安全了，也让他人觉得安全，机遇反倒萌生。从此，竭力真实。不但自己省力、省心，节省出的能量可以做更多的事情，而且成功的概率也高了起来。

用宽容治愈焦虑

宽容就是允许别人有判断和行动的自由。对不同于自己的观点和行为，哪怕已经预见到了一切危险的结局，也依然耐心地公正地等待。

这一点，好难啊。可能是当过临床心理学家的缘故，听过很多人的故事，知道很多人的结局，这也就让我的人生，在某种程度上记住了很多人的经验。我没有更精湛的远见卓识，只是像一只老啄木鸟，敲击的树干比较多了，对于哪里有虫子，判断力稍好。

最常有的悲哀，是看到危险渊薮，而当事人还以为是一马平川，逍遥向前。我大声疾呼警示危险，但人们闭目塞听优哉走去，令我惆怅叹息。时间久了，我也咽喉嘶哑，明知不可为而为之的耐心，渐渐消减。

更多的时候，因为当事人并没有征询我的意见，我也不能挺身而出干涉他人的生活，眼睁睁地看着列车出轨，人仰马翻。

人要想慈悲地输出智慧，不自作多情，也不是容易事。这种时刻，让我焦灼。

时间久了，也想明白了。不能以为焦虑不安就是贡献力量的一种方式，这是弄巧成拙，既帮不了别人，也毁了自己的欢愉。

焦虑本身并不是竭尽全力的表达，只是不良心理状态的折磨。其实，人生并没有一定的对错之分。生命是一个过程，万丈红尘、万千气象都是常态。宽容就是接受和自己不同的人生状态，并不歇斯底里。

抑郁的源头

每个人都是这样密切地与他人相关，所以当彼此的关系断裂时，才显出空旷无助的凄楚。断裂的原因，可能是误解、背叛、欺瞒、争吵、鄙视……死亡当然是最彻底的断裂了。生命是一根链条，其中一环断了怎么办？唯一的方法是把链条再接起来。这是需要花工夫动脑子的事情。

看过一个熟练的布厂女工表演棉条的连接。棉条断了，每一根棉丝都断了，如同一根雪白的冰棒被截断。女工把需要吻合的两根棉条对接，展开，让每一根棉丝都找到连接的位置，然后轻轻地捻动，让它们在旋转中融为一体。接好了，抻拽一番，融合得天衣无缝。

这个过程形象地说明了建立新关系的步骤。找到新的位置，然后从容不迫地连接，新的关系就慢慢建立起来了。

世界上的事，简言之，都是关系使然。人的全部活动，就是三种无法逃避的关系。

第一重，是人和自然的关系。人类是自然之子。没有自然，就没有了人所依附的一切。大自然的伟力，在城市里的人，不大容易体会得到。你到空旷的山野和广袤的沙漠中，你置身于晴朗的夜空之下，你在雪山顶端和海洋中央之时，比较容易找到人类应该待着的位置。

第二重关系，是人和自我的关系。你离不开你自己。只要你活一天，你就和自己密不可分。就算是你的肉身寂灭了，你依然和自己的精神痕迹紧紧地贴附在一起，无法分离。

第三重关系，就是人和他人的关系。纵观世界上无数的悲欢离合、潮起潮落，无非就是在这重关系上的跌宕起伏。人是被称为"人群"的，人不是单独的个体，而是人以群分。

这三重关系，无论哪一重发生了断裂，都是噩耗。我们是相互联结的，没有哪一部分的震荡，其他部分可以幸免。所以，海明威说，不要问丧钟为谁而鸣，丧钟为你而鸣。

人永远不要割断自己同他人的联系，不要割断同祖国的联系，不要割断同祖先的联系，不要割断同亲人的联系，不要割断同工作的联系，不要割断同历史的联系，不要割断同文化的联系……正是这重重联系，像斜拉桥的绳索一样，托举着你成为你。

如果桥梁的绳索断了，谁都知道要在第一时间将它修复。但是，人的关联的绳索断了，一时半会儿好像看不出非常严重的后果。你还是你，可以按时上班，可以听音乐和下饭馆，可以聊天和静思。但是，且慢，时间长了，是一定要出岔子的。很多的抑郁症就是这样悄无声息地发生了。我曾经听过一位美国心理学家讲述治疗抑郁症的新疗法，他很决绝地说，世界上所有的抑郁症，都是在关系上出了问题。

真是这样的吗?

你可以不信，但可以好好想一想。

为自己建立快乐的生长点

人类正在经历有史以来最独特的一个阶段，也可以说是“五千年未有之变革”。嘿！岂止是五千年，简直就是自打人类从树上爬下来之后，五十万年甚或两百万年以来从未有过的奇特阶段。

这就是我们生存的威胁，已经不再是祖先们最恐惧的风霜雨雪等自然灾害，也不再是布帛菽粟的温饱问题，而是来自亲手制造的核灾难和心理樊笼。这是我们第一次面临人的心灵广泛起到主导作用的阶段，是人类自身演变进程的关键时刻。

我们面对的最大矛盾是——痛由心生。

饭吃饱了，是好事还是坏事呢？当然是好事了。没有尝过饥饿滋味的人，是很难体会到那种极度低血糖带给人的虚弱，具有多么恐怖和濒死的感觉。那个时候能得到一块干粮，简直就是无与伦比的幸福。如果是一块香喷喷的烤肉，更是咫尺天堂。

饥饿是强大的。当饥饿不存在的时候，很多痛彻心肺的欢乐也一去不复返了（这里的痛，要作痛快来理解）。旧的欢乐走了，要有新的欢乐顶上来。否则，人就被剥夺了幸福的重要源泉。

每个人，要为自己建立起快乐的生长点。这是你在新形势、新阶段的新任务。你不能仅仅满足于食物带来的快乐，也不能满足于性本能带来的快乐。那都是动物的本能，虽然不能一笔抹杀，但人毕竟和动物是有重大区别的。

生物的快乐是永远存在的，不过，它们其实是很节制的。比如你的胃，容量就很有限。我曾亲眼在临床上见到过因为吃得太多，而把胃撑爆裂的病人，极其凄惨。我本来以为胃是很结实的器官，而且到了满溢的时刻，就不会接纳更多的食物。其实不然。因为一下子涌进了大量食物，胃就丧失了蠕动的功能，停滞在那里，好像一个懈怠了的橡皮口袋。如果事情局限在这个地步，还不是最糟，要命的是吃进去的食物，在体温的作用下开始发酵，产生了大量的气体。这时的胃就膨胀起来，变成了一个气球。产气越来越多，气体终于把胃给撑炸了。当我们用手术刀打开患者腹部的时候，看到的是满肚子白花花的大米饭。我们把破裂的胃切除了，用大量的生理盐水清理腹腔，把那些完全没有消化的大米粒从肝胆的后面和肠子的表层冲洗下来，好像在洗一堆油腻的锅碗瓢盆……手术持续了很长时间，我们多么希望能挽救这个人的生命啊，然而，那些米饭带有大量的病菌，它们污染了洁净的腹腔，让这个人生了极重的败血症，最终逝去。

可见，一个人能吃进肚子的食物，实在是有限度的。

再说那个令人颇感兴趣的“性”。性的物质基础是性器官。当我学习性器官的功能时，接触到一个词，叫做“绝对不应期”。这个医学术语是什么意思呢？

面对一块活体的肌肉，你用电极棒刺激一下，它就反射性地弹跳一下，对你的刺激发生反应。你加快刺激的频率，它的反射也就增快增密。但是，这不是可以无限玩下去的游戏。当你的刺激变得更加频密的时候，肌肉反倒一动不动了。老师说，这组肌纤维进入了“绝对不应期”。任你如何加大刺激的强度，它就是呆若木鸡，毫无反应。用一句通俗点的话来说，肌肉罢工了！

肌肉什么时候复工呢？不知道。理智无法操纵肌肉的规律，除非它休息好了，自愿上工。不然，除了等待，你是一点法子也没有。

老师说，在人体所有的肌肉组群中，男性生殖器的肌肉和心肌的绝对不应期是最长的。为什么，你们知道吗？

学生们回答说，心肌如果没有足够的休息，无论什么刺激来了都反应一番，心脏就乱跳起来，会发生纤维性颤动，人体的发动机就废了。

老师说，回答得很好。那么，生殖器的肌肉为什么也要那么长的休息时间呢？

那时我们都很年轻，实在不知道这个问题如何回答为好，面面相觑。

老师说，性可以被用来压抑死亡焦虑。医学不得不承认性的诱惑具有某种极为神奇的力量，是一个强大的避风港，在短时间内可以对抗焦虑。在性的魔力之下，人会陶醉其中。不过，因为生殖器官不是单纯为了给人狂喜的器官，它肩负着繁衍后代的责任。这个工作太辛苦了，所以，它就给这个活动包了一件快乐的外衣，如同药丸外面的那层糖皮。你若是为了糖衣而不停地吃药，一定会把你吃坏。所以，生殖器的肌肉就有了显著的绝对不应期。

但是，请谨记——性绝不是全部。医学教授谆谆告诫，这显然已经超过了医学的范畴。他说，年轻人啊，如果你把性当成了人生的唯一要务，那么，不但身体不能允许，而且在一切如潮水般消退之后，遗留下来的是无比凄凉和无意义的感觉，世界变得庸俗和单一。尤其是杂交，虽然可以向寂寞的人提供短暂而强大的舒缓，但这必然是饮鸩止渴。

我至今不知道这是不是有科学证明的权威说法，但人的生殖系统绝不是贪得无厌的蠢货，这一点我绝对相信。

既然食欲和性欲带给我们的快乐都是有定量的，那我们到哪里去寻找取之不尽、用之不竭的快乐呢?

只有精神领域的探索是永无止境的，它能提供的快乐也是最高质量的快乐。

图书在版编目（CIP）数据

没有人是一座孤岛 /毕淑敏著. —长沙：湖南文艺出版社，
2012.10
ISBN 978-7-5404-5581-1

Ⅰ. ①没… Ⅱ. ①毕… Ⅲ. ①散文集－中国－当代
Ⅳ. ①I267

中国版本图书馆CIP数据核字（2012）第093029号

上架建议：名家经典 | 散文

没有人是一座孤岛

作　　者： 毕淑敏
出 版 人： 刘清华
总 策 划： 谢不周
创意推广： 帝瑚文化传播有限公司
责任编辑： 丁丽丹　刘诗哲
监　　制： 张应娜
特约编辑： 耿金丽
封面设计： 耶律阿宝猪
版式设计： 共振设计
出版发行： 湖南文艺出版社
（长沙市雨花区东二环一段508号　邮编：410014）
网　　址： www.hnwy.net
印　　刷： 北京通州皇家印刷厂
经　　销： 新华书店
开　　本： 880mm × 1230mm　1/32
字　　数： 165千字
印　　张： 8
版　　次： 2012年10月第1版
印　　次： 2015年6月第5次印刷
书　　号： ISBN 978-7-5404-5581-1
定　　价： 28.00元
（若有质量问题，请致电质量监督电话：010-84409925）